響界メトロ
-SOUNDary LINE-

あさのハジメ
原作・監修：kyoukaimetro project

MF文庫J

口絵・本文イラスト●アルセチカ

プロローグ

都心に張りめぐらされた地下鉄――メトロ。

メトロにまつわる都市伝説は３つある。

その１　〝神隠し〟

昔、メトロで少女が行方不明になった。

どの駅の監視カメラにも降りる姿が映ってなくて――つまり。

彼女は今も、メトロのどこかにいる。

その２　〝最果ての駅〟

気が付くと乗客は自分だけ。
停《と》まった駅の電気が消えて――真っ暗だったらご用心。
そこで降りたら、もう戻れない。
そして、その3　〝女王Q〟
Qはあなたに切符をくれる。
ここではないどこかへ至る、こわくて、かなしい、片道切符。
それが、〝響界線《きようかいせん》〟の伝説。

第1章　Tik[Q]et

——カナタは〝トクベツ〟だから、うちらとは感性が合わないんだよ。

放課後。

夢の中でそんな台詞《せりふ》が聞こえて、私は目を覚ました。

「ふわぁ」

都立広山《ひろやま》高校、夕焼け空の下。

屋上に敷いたベージュ色の小さなピクニックシートの上。

５月の空。校庭から響く運動部の掛け声。薄《うっす》らと届く吹奏楽部のアンサンブル。そして渋谷《しぶや》の街に吹く風の音。

うたた寝には悪くないシチュエーションの中、大きく伸び。

「今何時……ん？」

時計を確認しようとスマホを見たら、ＬＩＮＥの通知が来ていた。

内容は誰かからの人間関係におけるお悩み相談＆愚痴。

《うんうん、そうだね！》

《気持ちわかるよ！》

《ミハルは悪くない！》

すぐさまメンバーの返答がチャットを埋め尽くす。

もちろんわかってる。

みんな特に考えて返答してるわけじゃない。

コミュニティを維持するための安っぽい共感&肯定。

明日どころか今夜には自分がなんて言ったかすら忘れてそうなインスタントなご返答。

そして求められる。

空気を読んで共感&肯定をすることを。

この前までだったらちゃんと返信してたけど……。

「そっか。もうしなくていいのか」

既読無視を決めこむことにした。

前に現実で似たようなことがあったとき、やらかしちゃったっけ。

そもそもこのグループは、クラスメイトのミハルが2年B組の声楽部員を集めて作ったもの。

そして、ミハルはクラスメイトのエリカって女子をいじめてた。

エリカは声楽部のメンバーじゃなかったけど、今年の4月にミハルにちょっかい出されて廊下で号泣。

いじめの現場を見てた男子たちがミハルを非難。

するとミハルは部活が始まる前の音楽室で、

『私、１ミリも悪くないよね⁉　あの陰キャゴミブスさ、全然可愛《かわい》くないくせにいっつも男子にこび売ってたじゃん⁉　たしかに叩《たた》いたり、教科書隠したり、色々動画も撮ったりしたけど、いじめられる方にも原因があると思うの！』

誹謗《ひぼう》中傷のオンパレード。

声楽部のみんなはミハルの意見にうなずいてた。

いつもなら私も黙ってたと思う。

ミハルは声楽部で一番歌がうまくて、容姿も綺麗《きれい》なハイカーストな女の子。

ネットで配信してる素人がカラオケの点数を競ういわゆる歌うま番組で優勝したことも。

ただし、性格は自己中心的。

つい先月、インスタ女子な彼女は「今度部活で練習する曲、やっぱり流行《はや》りの歌のカバーにしよ⁉　動画撮ればバズりそうだしさ！」と主張。

いいねがほしいためだけに、声楽部が練習する曲を勝手に選定。

部員もミハルの意見に笑顔で賛同した。

同じ声楽部の私も反論せずに意見を合わせたっけ。

（練習曲に決まってた『二十億光年の孤独』は大好きな曲だったけど……）

黙るしかなかった。

仕方ないよね。

好きな歌を歌えないのは辛《つら》い。

ただ部活っていう狭いコミュニティの中で陽キャクイーン様に逆らうのはフツウじゃないって、そのときは思ったけど――。

『それってミハルがおかしくない？』

いじめてた子への悪口を聞いたときは、ついそんな風に素直に反論しちゃったんだ。

いい加減うんざりしてたの。

すべてが自分の思い通りになると高をくくってるミハルにも。

彼女に従うために共感&肯定を披露する部員たちにも。

もちろんただ黙ってるだけだった自分自身にも。

（それに）

ひょっとしたら、私たちが反論せずにミハルを調子づかせちゃったせいで、エリカはいじめられたのかもしれない。

そんな罪悪感を抱いたのも事実だ。

だから、

『何？　カナタ、あたしに言いたいことでもあるの？』

『それは……』

『あんたって議論するの好きでしょ？　よくいらない議論したがるしさ。だったら話し合おうよ』

『……』

『なんで黙るわけ⁉　あんたのこと前々から気に入らなかったのよ！　言いたいことがあるなら、はっきり言えばいいじゃん！』

『――わかった。じゃあ、言うね？』

ああ、もう、どうにでもなれ！　と私は自分の主張をぶつけた。

――いじめられる方にも原因があるって理屈を被害者が語るのはまだわかるよ。

――だけど加害者が堂々と主張するのはよくないと思う。

――ただの責任逃れの言い訳にしか聞こえない。

――第三者だからどっちが悪いかなんてはっきりとは言えないけど、ストレス解消のために誰かをサンドバッグにするなんて、ミハルは性格悪いと思う。

「……あはは」

ぶっちゃけすぎだろ、私。

あのときの音楽室の冷えっぷりに比べたら極寒のオホーツク海だってぬるま湯だ。

怒りで真っ赤になったミハルは、「ふぅん」と一言だけ返答した。

次の日、体育の後に体操着から着替えようとしたら、私の制服が女子トイレに捨てられてた。

どうやらいじめのターゲットはエリカから私に変わったらしい。

自分から話し合いを求めてきたくせに、議論もせずに制服を溺死させるとは。

声楽部のマリー・アントワネットは最新型ケトルよりも熱くなりやすい。

『空気読んでよぉ。あれから3日くらいミハルが機嫌悪くて大変だったんだよ？』

『ミハルがいつも言ってたじゃん。「カナタは歌がド下手だから、変にがんばって目立とうとしないで！　足を引っ張るだけだから！」ってさ。なのに……』

『なんで自分勝手な主張して和を乱すの？』

『ミハルに「言いたいこと言え」って言われたら、大人しく謝らなくちゃ！』

『どんだけバカなの⁉　なんでフツウのことができないわけ⁉』

『まぁまぁ大目に見よ？』

『カナタは〝トクベツ〟だから、うちらとは感性が合わないんだよ』

声楽部のメンバーたちにも失笑され、呆《あき》れられる始末。

なぜかミハルは入部したころから私に当たりが強かったっけ。

歌姫に嫌われた私に味方なんて一人もいなかったわけだ。

結果――私は実質声楽部から追い出された。

まだ退部届は出してないけど、ミハルが君臨してる音楽室には顔を出せない。

新入部員《いちねんせい》たちともほとんど顔を合わせてない。

事件の影響か、大勢の前で歌うことができなくなってしまったんだ。

歌おうとすると、「またみんなに貶《けな》されるんじゃないか？」って声が出なくなる。

歌うことが大好きだから入部したのに……。

「空気読んで、か」

昔から私ってそう言われることが多かったっけな。

弁解するわけじゃないけど、これでも私なりに空気を読んで周囲に合わせようとしてきた。

中3のときの一件もあったし……なんとかフツウになろうとしたんだ。

（だけど）

自分の口から飛び出た共感&肯定はひどくぎこちなく思えたし、
クラスメイトに合わせるためにサブスクでヒットソングをランキング順に耳に流して、
好きでもない流行《はや》りの配信ドラマを毎晩勉強して、

建前と愛想笑いで人間関係をぐるぐる回す。

そんな日常には、ミハルの一件以来すっかり嫌気が差してしまった。

(なんていうか、学校って電車に似てると思う)

時間割っていう運航ダイヤ通りに進む毎日。

言いたいことも素直に言えない校舎内は満員電車そっくりの息苦しさ。

明るく安定した目的駅《しょうらい》を目指すための様々な校則《ルール》。

ああ、こんなクソみたいなシステムの中で律儀に乗車マナーを守ってるみなさん、ホントごくろーさんです。

しかもさ。

『いいか? 今の時代は「みんな違って、みんないい」んだ! みんなぁ! 自分の個性を大事にしろよ!?』

うちの担任教師は多様性ブームに乗っかって昔の詩人の言葉を熱血演説してたけど、結局学校で教えるのは真逆。

いやいや、みんな一緒が、みんないい。

だってそうでしょ?

みんな同じ制服を着せられて、同じ教育を受けさせられて、さらには同じ校則を守るようにしつけられるんだよ?

個性なんてそっちのけじゃん。

規律。規則。規制。

結局はその三拍子で踊れるヤツが現代社会のリズムに合わせられるって刷りこまれるの。

あっ、一つ訂正。

「みんないい」って言うより「都合がいい」か。

対人関係においても、

管理する体制側にとっても、

もちろんミハルのような独裁ちゃんにとっても、ね。

「いや、こんな小難しいことばっか考えるからぼっちになるのか」

なんとも自虐的なため息を一つ。

そうこうしてる間にも話題《LINE》は私の返答を待たずに路線変更。

《やっぱC組の転校生くん、よくない？》

《わかるよミハル〜！　ビジュいい！　顔面偏差値えぐい！》

《ただ友だちいないってウワサだよ？　陰キャだから話しづらいって》

《別によくない!?　イケメンなら何してても許されるよ！》

《たしかに！　ねえ、ミハル！　告《こく》っちゃえば!?》

《ミハルなら付き合えるって！》

《えへへ～、そうかな～？》

ため息をつきつつ、お姫様への接待トークから目を逸《そ》らした。

（気分を変えよう）

雑音を打ち消したくて黒の有線イヤホンを両耳にセット。

スマホから音楽を流す。

「やっぱ有線の方《こっち》が音いいな」

買い換えてよかった。

今どきワイヤレスじゃないのｗｗｗ　みたいな視線をクラスメイトに向けられたけど、心の中で中指を立てておく。

ぼっちの耳を癒やしてくれるのはデヴィッド・ボウイ。

代表曲の一つは『Starman』。

残念ながらご本人もお星様になってしまった大昔のロックスター。

流行《はや》りの配信ドラマの主題歌には絶対ならない、令和ＪＫトレンドにおいてはひどくマイナーな存在。

その証拠にクラスメイトに聞いても誰も知らなかったし、ミハルたちは「ダッサ！」「洋楽ロックとかもはや化石だよ？」「あはは、そんなの聴いてるからミハルと違って歌う

まくならないんだよ！」みたいに魔女狩り裁判開廷してたけど、

（別にいいじゃん？）

教室トレンドに合わせなくても、もういいや、ひとりで。

そう思った途端、私の世界は広がった。

周囲のご意見とかなんのその。

自分が好きな曲を聴く。

（実際最高だしね）

音楽は私にとっての精神安定剤。

通学中はもちろん、授業中もこっそりイヤホンつけてるし、家に帰っても夜中までどっぷり。

すっかり依存気味だけど、好きな曲を聴いて好きな歌を歌ってるときだけは、価値観の合わない人たちに言われた誹謗中傷《ノイズ》を忘れられる。

この大嫌いな東京《まち》でもやっていける。

「もう、まわりに合わせない。

着るものも、見るものも、聴くものも。

全部、自分が、好きなもの。

それってね——想像以上に、自由だよ」

お気に入りのメロディラインに乗せて、即興の歌詞を口ずさむ。

自分ではよくわかんないけど、私の歌は下手らしい。

音楽教師だったお父さんに「カナタは歌がうまい、将来は歌手になれる！」ってほめられたりしたのにな。

でもまぁ、大勢の前では無理でも、一人でなら歌える。

内容は自分の心境。

制服を処刑されて以来、「制服入れたバッグをメトロで盗まれちゃって。たぶん変態の犯行です」と担任教師に嘘《うそ》を言ってから、私服で登校していた。

いじめのターゲットにされてますって教師に相談しても救ってくれる保証なんてないし、歌姫様の恨みを買うかもしれないって思ったしね。

（おかげで教室ではぷかぷか浮きまくりだけど）

うん、後悔してない。

仲良くない生徒たちとお揃《そろ》いのコピペファッションよりは、好きな服を着る方がなんかいいでしょ？

というわけで私服姿の私は放課後の屋上で歌う。

誰にも届かない、私だけの歌。

（ホントついてた）

この屋上は立ち入り禁止。
入口は屋上に続くドアと三階にある小さな小窓の二ヶ所。
小窓は４ケタのダイヤル式南京錠《なんきんじょう》でロックされてる。
しかしある日突然アブラカタブラ。
気まぐれに入れた私の誕生日が偶然魔法の鍵になってくれた。
開いた窓によじ登って、屋上に這《は》い出てみれば、なんとまぁ絶景かな絶景かな。
おまけにタダで歌いまくれる特大カラオケルーム！
(この屋上は、私だけの秘密の場所)
声楽部をお払い箱にされた私が唯一安心できる学内スポット。
昔みたいにみんなと歌えなくても平気。
もう友だちなんていらない。
好きなものを好きって言えない方が、ここから飛び降りたいくらいに辛《つら》いしさ。
「そうさ」
たとえ独りぼっちでも、居場所があればやっていけるんだ。

「おい。こんなとこで寝ちゃダメだろ」

ある日の放課後、私の居場所《しあわせ》はぶち壊された。

いつも通りピクニックシートの上で気分よくうたた寝してたら起こされたの。

目の前にはC組の転校生くん。

名前も知らない少年A。

(まいったな)

会話したことないけど、苦手なんだよね。

教室で他の子が話してるの聞いたけど、この人も私と同じぼっち。

さらには私服姿。

ウワサによると堂々と私服で登校してきて「前に通ってたのが私服高校で、まだこの高校の制服買ってない」と教師に言い放ったとか。

ただそのせいで、制服が水責めの刑に遭ったと知らないクラスメイトたちから、

『ねえねえ、カナタってさ。転校生くんに合わせて制服着ないことにしたとか?』

『それってある意味ペアルック?』

『だとしたらあんたたち付き合ってるの!?』

ホント勘弁してください。

友だちも作れないぼっちに彼氏ができるわけないじゃん。

否定はしたけど、未《いま》だに好奇心たっぷりの目線を向けられる。

しかもすっかり疎遠になったミハルたちからは敵意&嫉妬の眼差《まなざ》しが。

おまけに今日は屋上で寝てることを注意された。

(そっちだって立ち入り禁止を無視して入ってきたくせにさ)

さらには無防備な寝顔と寝返りを打ったせいで少しめくれたスカートからのぞくふともを見られたのも、なんかイラつく。

「……………」

だから私は無言で屋上から出て行った。

きっとあの人は気まぐれに屋上を訪れただけ。

鍵が開いてたのが気になっただけだ。

「え?」

高校から渋谷《しぶや》駅に向かっていると、雨がぽつり。

嘘《うそ》でしょ、朝の天気予報じゃ晴れだったのに……!

「とことんついてない!」

折りたたみ傘なんて気の利いたものはないので駅までダッシュ。

でもまあ、最悪は回避できたか。

あのまま屋上で寝てたらずぶ濡《ぬ》れだったしね。

雨が本降りになる前になんとか駅に逃げこんだ私は、特大の迷路みたいに広い構内を歩いて、メトロへと乗りこむ。

(そう、最悪は回避できた)

屋上であいつと会うことも二度とないはず。

たとえ同じぼっちでも、あいつは私とは違う。

彼は屋上で寝てる生徒を注意するようなマジメくん。

そんな乗車マナーに厳しそうなヤツが、何度もルールを破るはずがない!

▶

「うまいじゃん、歌」

えっと、マジすか?

つい3日前の天気予報と同じく、私の予測は大外れ。

あいつは再び屋上に現れた。

しかも私が気分よく歌ってるときに。

(いや、正確には歌が終わってから話しかけてきた)

一応歌い終わるまで待っててくれたのかもしれないけど……まさか私の下手くそソング

をほめるとは。

「上から言うじゃん？　少年Ａの分際で」

「少年Ａ？」

「名前知らないし、そう呼んでもいいでしょ？」

警戒と敵意をブレンドした声。

きっと彼はまた私が屋上にいることを注意しに来たんだろう。

（上等じゃん）

テコでも動かないぞ？

いくらほめられようがここは私のソロコンサート会場！

入場チケットをお持ちでないお客様はさっさとお帰りくださいませ！

「ん」

しかし、彼が手渡してきたのはチケットではなく、鞄《かばん》から取り出した黒いヘッドフォン。

は？　何これ？　まさかつけてみろってこと？

「ねえ、ちょっと――」

「ん」

いやなんか言えよ！

コンビニバイトの面接にも落ちそうなくらい愛想ゼロ。

私が言うのもなんだけどさてはコミュ障だなキミ？　なんて思いつつも、受け取ったヘッドフォンを装着。

（いや、だってさ）

たぶんこの人、今日は私を注意する気ないでしょ？

屋上から追い出したいならヘッドフォン差し出してこないと思うし。

ひょっとして、さっきは純粋に私の歌をほめてくれたのかな？

「――えっ？」

思考が止まる。

ヘッドフォンから流れ出したのは、インスト楽曲。

ただしまだ未完成っぽい感じ。

ひょっとして、自作の曲だったりするのかな？

ただ、なんだか、

（私の好きな曲と雰囲気が似てる）

動画サイトで偶然見つけた作曲者。

その人の曲はここで即興の歌詞を乗っけて歌うくらい好きだった。

デヴィッド・ボウイもその人がＳＮＳでつぶやいてたから聴き始めたしね。

「――うまいじゃん」

そのせいか、つい未完成のメロディをほめてしまっていた。

好きなものは好きだって言う。

それが今の私のポリシーだったから。

「上から言うなよ。少女Ａ」

私服姿の少年Ａはほんのわずかに微笑《ほほえ》んだ。

正直驚いた。

何も言わずにヘッドフォンを手渡してきた不愛想なヤツがこんな顔するなんて。

クラスメイトや先生、それに昔の私が人間関係の潤滑剤として顔に張り付けてた偽物の笑顔じゃない。

たぶん、本物の笑顔。

（ただ、変だな）

目の前の笑顔と、屋上で寝てた私を注意してきた彼の態度が結びつかない。

乗車マナーに厳しいマジメくんじゃないの？

なんで立ち入り禁止の場所で私に音楽を聴かせてきたりなんかしたんだろう。

疑問はそれだけじゃない。

なんだか、ずっと前にこの人の顔をどこかで見たことがあるような……。

「誰にも響かなければ、ただの音だろ」

笑顔を見られたのが照れくさかったのか、少年Aは自虐的につぶやいた。

「〝音楽〟じゃない」

「ふうん」

誰にも響かなければただの音。

音楽じゃない、か。

面白いこと言うね。

でもそれなら……。

「じゃあ、〝音楽〟じゃん」

だってさ。

少なくとも、私には響いてるよ？

キミの作った曲。

そういう意味で返答してしまった瞬間、めちゃくちゃ後悔した。

（なんか恥ずかしい台詞《せりふ》を言っちゃってない？）

たしかにこの少年Aはウワサ通り顔面偏差値高めだが、そこに目がくらんだわけじゃない。

曲に惹《ひ》かれただけ。

だから今のは安っぽい肯定でも共感でもない私の本音で……いやいや！

「ん！」

つい照れくさくなって、私はヘッドフォンを突き返してから、屋上から出た。

別にあいつにデレたわけじゃないぞ？

そこまでチョロインじゃない。

でも、さっきの曲がすごくよかったのは事実で……。

「あっ」

そこで私は思い出していた。

名前も知らない私服姿の少年A。

けど他のクラスの生徒が一度だけ彼を呼んでたのを聞いたことがあったっけ。

カイ。

名前なのか、それともあだ名なのかはわからない。

ただその響きは、やけに彼に似合っている気がした。

「わかる！　おまえも色々辛《つら》いんだよな！」

唐突だが、私の放課後屋上ライフに危機が訪れた。

いつも通り屋上に忍びこもうとしたある日。

屋上へと続く小窓の前で担任である男性教師に捕まって、そのまま尋問タイム。

「だから屋上で一人きりになりたかったんだろ？」

犯人を諭す人情派刑事みたいな口ぶり。

俺は若者の理解者だぞ⁉　なんて言いたげな態度に内心ため息をつきつつも、今の私は窓を開けて屋上に侵入しようとした現行犯。

（どうしよう）

唯一の居場所である屋上に行けなくなるのは辛い。

あれから数日経《た》ってたけど、私は毎日屋上に通っていた。

またカイと出会えないか期待してたんだ。

あいにく隣のクラスに突撃してったり、廊下でウワサの転校生に話しかけるつよつよメンタルは持ち合わせてないしね。

「でもわかるよな？　屋上は立ち入り禁止。ルールは守れ。その方がいい大人になれる」

だから屋上で待ってたんだ。

決して恋愛的な目的じゃない。

カイが言うところの〝音楽〟をまた聴《ひび》かせてほしかったの。

「何か言いたいことがあるんなら遠慮なく話していいぞ？　先生が聞いてやるからさ！」

なのに今聞かされてるのはまったく響いてこない大人の言葉。

いや、別に生徒にお優しい熱血先生にヘイト溜《た》まってるわけじゃないけど……。

（嫌な感じ）

年齢は30代半ばくらいのジャージ姿の担任教師。

担当科目は体育。

見た目はいかにも若いころ部活に精を出してましたみたいなさわやかスポーツマン。

教員の中では割と若いのに学年主任に抜擢《ばってき》されてる。

「直に話しづらいなら、ＬＩＮＥでもいいからな？」

いきなり大きな掌《てのひら》で無造作に頭をなでられて鳥肌が立った。

まだフッウぶってたときにクラスメイトの女子から聞いたゴシップ。

うちらの担任教師の最悪な評判。

気に入った女子生徒にセクハラっぽい対応をする。

相談に乗ってやる、という名目で休日二人きりで会おうとＬＩＮＥがくる。

前に赴任してた学校でも女子生徒と不純異性交遊しかけた前科あり。

だけど親が教育委員会のお偉いさんなのでスルーされている……とか。

（でも、まあ）

そういう大人からしたら、私みたいなヤツってお買い得物件なのかも。

私服姿で学校で浮いてる生徒。

孤独な子供。

ああ、むしろワケあり物件か。

何かしら問題を抱えてた方が相場よりお手軽にポチれるしね。

「先生」

だが、ワケありぼっちにだってプライドくらいある。

というわけで尋問に反論してみる。

「気づかってもらえてうれしいです」

「おっ、そうか？　だったら俺とＬＩＮＥ交換――」

「おかげで先生が想像通りの人間だってわかったので」

「は？」

「ほら、子供ってなんだかんだ理解者をほしがりますし」

「待て。いきなり何を言って――」

「独りぼっちだと誰からも肯定してもらえません。だからどんどん自己肯定感が下がっていく。そういう生徒って、先生みたいな大人からしたら狙い目ですよね？」

　私が何を言いたいか理解したのか、担任教師の顔が怒りに赤く染まる。

「溺れかけたら藁《わら》をもつかむっていいますけど。孤独な未成年がＳＮＳで悪い大人にそそのかされるとかよくある令和トラブルじゃないですか」

「っ」

「子供の理解者ぶって『わかる』『辛《つら》いんだよな』『よく話してくれた』『力になるよ！』って自己肯定感《エサ》を与えて、信用と信頼を勝ち取る。その後で自分にとって都合のいいオモチャにする」

「……黙れ」

「お手軽な共感と肯定を披露してぼっちなＪＫとお近づきになる。その後でパパ活させるとかお約束の手口ですよね？　そのあたり、先生はどう思いますか？」

「はあっ⁉　どう思いますって……！」

「議論しましょう？　何か反論があるなら聞かせてほしいです。私は私の意見を述べました。ほら、さっき言ってたじゃないですか」

　何か言いたいことがあるなら遠慮なく話していいって、と。

　言った瞬間、私は乱暴に突き飛ばされていた。

「お、おまえ！　俺が優しくしてるからって調子に乗りやがって……！」

衝撃で廊下に倒れこむ私に叫ぶ担任教師。

この態度からしてやっぱりウワサはホントだったのかも。

「制服着てないことだって！　今まで見逃してやってたのに！」

強引に襟をつかまれて引き起こされる。

「来い！　そんなに話がしたいなら生徒指導室でたっぷりしてやる！　女だからって殴られないと思うなよ!?」

唾がかかりそうな距離で浴びせられる怒号。

さて、どうする？

一応武器は用意してあるけど、問題はいつ披露するかで――。

「！」

途端、カシャッと無機質な音が響いた。

スマホのカメラのシャッター音。

目を向けると、廊下に立っていたのは私服姿の少年A。

カイだ。

「なっ!?」

ひどくあわてた様子で教師は私の服から手を離した。

「ご、誤解するなよ？　先生はちょっと指導してただけで、何も問題は——」

「だったら今取った写真ネットに上げていいすか？」

「はあっ⁉」

「先生にとって、今の行為は問題ないことなんでしょ？」

「お、おまえ……！」

「ねえ、先生？　見逃してくれません？　俺たちが屋上に出入りしてたこと。あとちゃんとこの子に謝ってください。突き飛ばして胸ぐらつかんだこと」

「ぐうっ……す、すみませんでした……」

血が出なそうなくらい唇をかみしめた後で、「これでいいだろ、調子に乗るなよっ」と吐き捨てるように言い残してから、担任教師は去っていった。

（……カッコ悪い）

担任教師じゃなくて、私が。

いつからカイに見られてたんだろ？

もしかして挑発するようなことを言って、腕力で圧倒されて、か弱い女の子みたいに密室に連れ込まれそうになったところから？

なんていうか、それは……。

「……助けてくれなくても、よかったのに」

自分が情けなくて、恥ずかしくて、つい強がる。

助けてくれたお礼を言うべきなのに、真逆のことを言ってしまう。

「キミもあの先生みたいに私の理解者面《づら》がしたいわけ？」

ああ、ホント最悪だ……。

私に響く曲を聴かせてくれた。

屋上に行けばまた〝音楽〟を聴かせてくれるかもって期待してたのに。

実際会ったらこんなことを言っちゃうなんて。

これじゃクラスメイトたちみたいに私から離れていくに決まって――。


「あんたの考えなんて全然わからないよ」


けれど、カイの言葉は予想外のものだった。

「前々からあの教師の言動が気に入らなかっただけだ。あいつ、うちのクラスの体育の授業も担当してさ」

インスタントな共感も肯定もない。

彼が主張するのは自分の意見。

「授業は熱血と気合の精神論ばっかり。自分の発言を肯定する生徒ばっかり優遇するくせに、『みんな違って、みんないい』なんて言う。心底吐き気がする」

周囲《わたし》に合わせた意見じゃない。

おそらくは心の底からの本音で……ん？

「何してるの？」

不意にカイはスマホをフリック。

そして、さらりと、何でもないことでも言うように、

「あの教師を告発する」

「はあ!?」

「さっきの写真、学校の公式ＳＮＳに送ろうと思って」

「だってキミ、見逃してくれれば写真はさらさないって……！」

いや、冷静に考えたらそんなこと一言も言ってなかったぞ？

あくまで写真を撮ったことを伝えて、「見逃してくれません？」って伝えただけだ。

「あんたの顔にはモザイク入れようと思うけど、どうだ？」

「でも告発までする必要は……！」

「ない？」

「……ううん。冷静に考えたら私、あいつに生徒指導室に連れこまれかけた。あのままだったら殴られてたかも」

「だろ？　だから間に入ったんだ」

「は？　まさか……私のこと、心配してくれたの？」

「いや、コイツ気が強そうだしケンカになったら教師くらい片手でボコれそうだな、と」

「おい」

「同級生が檻《おり》の中に入るのはどうかと思って」

「まあ、たしかに警察のお世話になるのは――」

「あんたも動物園で展示されるのは嫌だろ？」

「同級生に新種のゴリラ扱いされるのも嫌なんだけど？」

軽口を交わしつつも、不思議と悪い気分にはならなかった。

（なんとなくだけど）

この人は私を助けたのが照れくさくて、冗談を言ってくれた気がする。

だとしたら悪いヤツじゃない。

それにもう関わりたくなくて既読スルーしたけど、ミハルがグループＬＩＮＥで嫌な自慢をしてたっけ。

――エリカをいじめてた件、先生に見逃してもらっちゃった～！　おまけに今度の日曜遊びに行かないかって誘われた！　いいバイトになるかも！

いいバイト＝援助交際とかパパ活。

ＪＫブランドに目がくらんでいじめを黙認する教師とか吐き気がする。

「待って。私の画像も送って」

「どんな？」

「私が入ってるＬＩＮＥグループのスクショ。あの先生が休日に女子生徒を誘い出そうとした証拠」

「へえ」

「あとはあいつが校舎裏の駐車場で現国の先生とこっそり不倫《キス》してる動画」

「あんたストーカー検定１級にでも合格してんの？」

「たまたま屋上から駐車場を見下ろしてたら動画を撮るタイミングがあっただけ。私は善良な一般生徒」

「善良ね」

「制服着てないことをとがめられたときの交渉材料として色々集めてただけだよ」

「脅迫する気満々だったのにどこが善良なんだ？」

「告発現行犯くんに言われたくないな」

身を守る武器《カード》は持ってた方がいいでしょ？

ただ、担任教師を告発とか間違いなくルール違反。

明るく安定した目的駅《しょうらい》にたどり着くためには、必要のない行動な気もする。

「まぁいい。ＬＩＮＥ交換してくれ」

「えっ」

「じゃないと画像もらえないだろ？」

「あっ、そ、そだね」

なぜかちょっぴり鼓動が速くなるのを感じつつも、カイと連絡先を交換。

それにしても、まさかこんなにあっさりと教師《おとな》を告発しようとするなんて。

「マジメくんのくせにとがってんじゃん」

「は？」

「だってキミ、前に私が屋上で寝てたとき注意してきたでしょ？」

「別に校則《ルール》を守らせようとしたわけじゃない」

カイは窓の外に広がる空に目をやってから、

「あの日は今日と違ったろ？　空気の湿り具合的に、雨が降りそうな気がしたんだ」

待って。

たしかに今日はあの日と違って雲一つない快晴だけど……。

「ひょっとして、私が雨に濡れないように起こしてくれたの？」

予報外れの通り雨。

あのまま眠ってたら私はずぶ濡《ぬ》れだったはず。

「あんたのおかげで窓の南京錠《かぎ》のパスがわかったからな」

ひょっとしたらカイは私が屋上に出ていくところを目撃したのかも。

そして南京錠《なんきんじょう》を見て、屋上へと忍びこむ4ケタの数字を手に入れた。

「そのお礼だよ」

不愛想な声。

けれど、少しだけ楽しそうに、まるで鼻歌でも歌うような軽やかな口ぶりで、

「足りないなら、新曲聴かせるけど？」

黒いヘッドフォンを見せてきた。

あの日屋上で見せた微笑《ほほえ》みと一緒に。

「――――」

それから、特に印象に残る会話をしたわけじゃない。

流行《はや》りのウェブコミックみたいなドラマチックな恋愛が始まったわけでもない。

けれど、私はカイのことを悪くないと思うようになったの。

思い出すのはカイの主張。

――あんたの考えなんて全然わからないよ。

他の生徒や教師やあの男のように簡単に誰かの理解者ぶろうとしない。

そんなカイのスタンスは、私にとっての理解者に思えたんだ。

第2章　問題・曲と歌を結ぶものをなんと呼ぶか？

思い出話をしよう。

今ではすっかりぼっちな私だけど、中学時代は仲の良い友だちもいた。

しかも男の子。

まだがんばってフツウぶってたころの黒歴史。

隣の席になってからよく話すようになり、議論を封印して精一杯周囲に合わせようとしてた私に優しくしてくれて、共感してくれて、肯定してくれて……思い出すのも忌々《いまいま》しいけど、当時の私はあの男とすごす時間を気に入ってしまっていた。

まるで教室《フツウ》の女子たちみたいに、ね。

彼は動画サイトに歌ってみた動画をアップするのが趣味。

再生数5000突破したぜ！　と言われたときは一緒に喜ぶフリしたっけ。

別にあの男の歌に何も惹《ひ》かれはしなかったけど、

（やった！　私もやっとフツウになれたんだ！）

たとえ本音を言えなくても、みんなみたいに友だちとすごせて安心してしまったんだ。

『なあ、オレら、そろそろ付き合わないか？』

問題は、私と彼の感覚にズレがあったこと。

ある日の休日。何人かで彼の家に遊びに行くことになったんだけど、行ってみたら私と彼しかいなかった。

おまけに彼の両親も留守。

もしかしてこれって仕組まれた？　と思ったときに、彼に告白された。

めちゃくちゃ驚いたよ。

そして中学時代の私は変なところでマジメちゃんだった。

彼のことはいい友人だと思ってたけど、好きとか、付き合うとか、そういう対象としては見てなかったんだ。

友だちの気持ちに嘘《うそ》はつけない、ちゃんと返答しなくちゃいけないと考えて、つい「ごめん」と断ってしまった。

すごく申し訳なかったよ。

でも友だちならわかってくれると思ったんだ。

『はあ!?　マジねえわ！』

しかし、彼の口から吐き出されたのはこれ以上ないほどの落胆。

彼は深々とため息をついてから、

『空気読めよ……せっかく今までずっとおまえに話を合わせてやってたのにさ……』

その瞬間、私はようやく理解した。

今まで心地いいと思ってた彼の態度はすべて、私と交際するための建前《にせもの》だったってことに。

『ざけんな！　今日だってみんなが空気読んでオレらを二人きりにしてくれたんだぞ⁉』

プライドを傷つけられて激高したのか、彼は叫んだ後で——私の体を自分のベッドに押し倒していた。

もちろん私は逃げた。

ブラウスを強引にはだけさせられたところで、覆いかぶさってきた彼の腹に蹴りを何発か入れ、息も絶え絶えになりながら、脱出。

なんとか襲われずに済んだけど、私たちの友人関係は破綻した。

忘れられない中3の記憶。

唯一の友だちを失《な》くした私は余計にフツウぶらなきゃと思って、高校に入っても周囲の空気に合わせようとしてたけど……。

(結局みんな、あの男と同じにしか思えなかったな)

彼は女子と合体したいって打算から私に合わせてた。

それと一緒でみんなが周りに合わせるのも、私が周りに合わせようとしたのも、人間関係を壊さないための打算でしかない。

（まあ、大人からしたらフツウなのかもしれないけどさ）

この世界の模範解答《せいかい》。

ほら、見たことあるじゃん？

「電車の中ではスマホはマナーモードにしましょう」って注意書き。

それと一緒。

現実では本音はマナーモード。

あんまりうるさくすると他のお客様のご迷惑になってしまいますってわけ。

（誰かに相談できたら楽だったのかもしれないけど）

我が家はお父さんが5年前に病気で死んでて、お母さんが家計を支えるために働いてくれてる。

毎日会社《しごと》で忙しいのに、余計な心配なんてかけたくなかった。

だから家庭では、学校じゃ友だちもいるしそこそこうまくやっていると主張。

（けど、現実は真逆）

――きっと、本音で会話できる同世代の人間なんていないんだ。

中学時代に傷を負い、さらには声楽部を追い出された私はそんな風にひねくれた。

誰にも必要とされなくなって、いつの間にか自分に自信を失くしてた。

私みたいなぼっちと友だちになってくれる人はいないよ……って。

ただ、よりどころがなかったわけじゃない。

好きな曲を聴いてるときや歌っているときだけは、嫌なことを忘れられたんだ。

高2になってからは以前にも増して音楽の虜《とりこ》になった。

その原因は偶然ネットで見つけた作曲者。

自分に自信を持てなくて悩んでたとき、その人がアップした曲を聴いてたら、なんだかはげまされたの。

もし叶《かな》うならその人と一緒に歌を作ってみたい……なんて、絶対にありえない妄想までしたっけ。

その作曲者の名前は——。

▶

「ねえ、カイ。トロッコ問題ってあるじゃん?」

放課後の屋上。

ベージュのピクニックシートに座りながら、私はなんとなく隣にいるカイに訊《たず》ねた。

「走ってたトロッコが暴走した。このままじゃ前方の線路で作業してた五人が轢《ひ》かれて死ぬ。レールを切り替えれば五人は助かるけど、そっちの線路には別の作業員が一人いるってヤツ」

「レールを切り替えるか否かの選択肢はこっちにあるって話か」

「そう。放っておくと五人が轢かれる。でも、今レールを切り替えれば一人を犠牲に五人が助かる。あなたならどうします？　って問題」

「カナタならどうする？」

「私なら何もしたくないかな」

「へえ。なんで？」

「だって、ほっとけば事故でしょ？　手を出したら私の責任みたいになっちゃうし」

道徳のテストがあったら間違いなく赤点な答えだった。

周囲にどう思われるかまったく考えてない建前ゼロな私の本音。

「カイは？」

「何もしない」

「ふうん。何で？」

「こういうとき、世間は絶対少ない方を犠牲にしろって言うから——従いたくない」

なるほどね。

それはそれで道徳テストで人間失格って判定されそうなご解答。

今の返答をＳＮＳに書いたら「ひどい！」「誰も助けないとか人としてどうなんです

か?」「最低！　クズ！　おまえが死ね！」ってヒマを持て余した正義マンたちのサンドバッグにされてジャンヌ・ダルクよろしく火葬一直線《ウエルダン》。

もちろん中学時代の男友だちやクラスメイトは絶対にこんな解答しない。

「ははーん、さてはおぬし、生きづらい系ですな?」

けれど、私にとってはひどく心地よかった。

空気を読まない彼の言葉が建前ではなく、本音だってわかったからだ。

以前私に言った「あんたの考えなんて全然わからないよ」と一緒でさ。

「私たち、似た者同士かもね」

笑顔で言うと、カイはいつもは不愛想な顔を少しだけゆるめた。

「じゃなかったらこうして話してないだろ」

「あはは、まったくだ」

カイと出会ってから1ヶ月。

こんな会話をするくらいには、私たちは仲良くなっていた。

付き合ってるわけじゃない。

それでも屋上で一緒にお昼を食べたり、休み時間に教室で話をしたりもする。

制服姿の生徒たちに混ざった私服ペア。

もちろん好奇の視線を感じるし、カイにご執心なミハルから「いっそ TikTok にカップル動画でも上げてみれば？」って牽制《けんせい》されたりもしたっけ。

私が「カイは恋人じゃない。ただの友だちだよ」と言うと、

『は!?　ありえなくない!?　あんなに一緒にいるのに付き合ってないとか！』

『どんだけバカなの!?　絶対彼の方もがっかりしてる！』

『付き合っちゃうのがフツウなのにさぁ、カナタって相変わらず空気読めないんだねぇ』

なんてことを言われたりもしたが、馬に聞かす念仏だと思うことにした。

元友人の言葉で悩む時間よりも、気の合う友人と一緒に居られる時間の方が大事だと思ったし、それに、

「あっ、ところで。最近レッド・ツェッペリン聴き始めたんだけど、けっこーいいよ？」

素直に言いたいことを言える。

周りを気にせずに好きなものを好きだって言える。

そんな関係が、ただ好きだった。

「よくそんな昔の洋楽知ってるな」

「私の好きなネットの作曲者がSNSに名前上げてたから、それで知ったんだ」

「……へえ」

「その作曲者、〝A〟って名前なんだ。私、その人のおかげで前よりも音楽が好きになれたの。よかったらカイも聴いてみてよ！」

「気が向いたときにな。てか、また新曲作ったんだけどさ」

「ホント!?　聴かせて聴かせて!?」

「カナタってホント音楽好きだよな」

「もちろん。あっ、参考までに聞きたいんだけど、歌がうまくなるコツとか知ってる?」

訊《たず》ねると、カイは形のいい眉を寄せて考えこんでから。

「その曲に対する自分なりの答えを出せばいいんだと思う。曲が問題だとしたら、歌はきっと解答みたいなもんだから」

「おお、それっぽいこと言うじゃん」

「一応ガキのころから音楽……ピアノ習ってたしな」

「その割には抽象的なアドバイスだったし天才肌気取ってるみたいでちょっとイタイね」

「おまえは母親の腹の中に礼儀ってものを忘れてきちまったのか?」

相変わらず口が減らないな、とカイは苦笑しつつも、ヘッドフォンを渡してきた。

流れ出すのは彼が作ったメロディ。

ツイてたことに私たちは気だけじゃなくて趣味も合ってた。

音楽の好み。

「悪くないじゃん!　報酬はいつものでいい?」

「ああ」

カイに新曲を聴かせてもらう代わりに、私が何曲か歌う。
それが私たちのお約束になっていた。
カイが私にリクエストする曲は様々。
私の知らない歌手やバンドの曲もたくさんあったけど、下手くそなりにちゃんと歌える
ように聴きこんで練習した。
Nirvanaの『Smells Like Teen Spirit』
THEE MICHELLE GUN ELEPHANTの『世界の終わり』
Oasisの『Don't Look Back In Anger』
the pillowsの『ハイブリッド　レインボウ』
じんの『ヘッドフォンアクター』
UNISON SQUARE GARDENの『シュガーソングとビターステップ』
米津玄師の『灰色と青』
YOASOBIの『アイドル』
邦楽から洋楽、ロックからボカロ曲、往年の名曲から令和ヒットソングまで。
アニソンも割とあったっけな。
「なんか意外。カイって最近の歌もけっこー聴いてるんだね」
「カナタは聴かないのか？」

「うーん、新しめの流行曲ってどうも聴く気にならないんだ」

「どうせクラスの仲悪いヤツが好きだからとかそんな理由だろ？」

「ぐっ、痛いとこ突くじゃん……」

「他人を意識しすぎて視野が狭まるのはもったいないぞ。曲に罪はない。偏見は捨てて色んな曲を聴いた方がいい。その方が、いい音楽と出逢《であ》える」

率直でまっすぐな意見が、私にとってはひどく気持ちよかった。

カイのおかげで今まで知らなかった名曲を聴けるのも、ワクワクした。

「カイに勧められたバンドだと、pillowsが一番気に入ったよ」

「へえ。どの曲が好きだ？」

「待って。せーので互いに一番好きな曲言ってみない？」

そうすれば「奇遇だな、俺もそれが一番好き」って安っぽい偽物共感《レシーブ》をされなくて済む。

まあ、カイはそんな中学の元友だちみたいなことはしなさそうだけどさ。

「いいぜ」

「よし。じゃあ、せーの……」

「『ストレンジカメレオン』」

「うっわ、まさかお揃《そろ》いとは！」

「不満そうにすんな。俺は自分が好きな曲を言っただけだ」

「私も」

「だったらいいだろ？　あの曲、すげえいいしさ」

「だね！　ふふっ」

「なんで笑ってんだか」

言いつつも、カイも微笑《ほほえ》んでいた。

『ストレンジカメレオン』は周りの景色《いろ》に馴染《なじ》めない出来そこないのカメレオンの歌。

どこかせつなくて、かなしくて、だけどなんだか勇気をもらえる不思議な曲。

〝フツウ〟に馴染めなくて生きづらい私には心の底から共感できた。

（ひょっとしたら、カイも同じことを思ったのかな？）

だとしたら、すごくうれしい。

思わず笑顔になっちゃうくらいに、胸の奥があたたかい。

「じゃあ、今日はその曲をリクエストするよ」

「わかった。ただ、ホントにいいの？　報酬が私なんかの歌でさ」

「いいよ。俺、カナタの歌好きだしな」

「恥ずかしいこと言うな……」

まあ、ときどきストレートすぎる本音をぶつけてくるから困るけどさ。

赤くなった顔をごまかすように、アカペラでリクエストされた曲を歌う。

私たちの交友はこれだけじゃない。

互いにサブスクで作った推し曲のプレイリストを交換したり、
二人で渋谷《しぶや》のタワレコに行ってみたり、
この前はマイナーなバンドのライブを下北《しもきた》のライブハウスまで観《み》に行ったり、
深夜まで音楽の話題についてＬＩＮＥしたり……。

（たしかに、ここまでやってたら恋愛に発展するのが常識《フツウ》なのかも）

けどそんなものはクソくらえだ。

一緒にいて、言葉を交わす。

変に互いを気づかわないこの距離感が、ちょうどいい。

今まで大嫌いだった人が多くて騒がしい東京《とかい》の雰囲気だって悪くないと思えてきた。

この街があったからこそ、私とカイは出会えたんだもん。

「そういえばさ」

私が歌う『ストレンジカメレオン』を聴いた後で、カイは何かを思い出したように、

「キャッチボールしてみないか？」

「？　言葉のキャッチボールならいつもしてんじゃん」

「本物のボールでだよ。ここにいるとグラウンドの野球部が見えるだろ？　ボールを投げてるのを見たら、やってみたくなった」

「もしかして今までやったことないとか？」

「カナタは？」

「あるよ。うちのお父さんって野球ファンだったからさ。子供のころはお父さんに誘われてよくやってた」

まだお父さんが生きてたころの思い出。

でも、小学校のときクラスメイトの男子にそのことを話したら「女のくせにキャッチボールかよ！」ってからかわれた。

なんでそんなこと言うのか教えてよ？　って議論しようとしたら「それがフツウなんだ！」って乱暴に会話を打ち切られて、それ以来キャッチボール自体もやらなくなっちゃったんだっけ。

「ボールあるの？」

「持ってきた。グローブも。ほら、おまえの分」

「ちょ、待って？　このグローブ新品に見えるんですけど？」

「見えるも何も新品だからな」

ところでこれ、どっちの腕に着けるんだ……？　なんて眉間にしわを寄せて茶色のグローブを見つめる少年A。

「マジ？　今日のためだけにグローブ二つ買ったの？　相変わらずブルジョアだね」

「そうか？」

「いつもゼイタクしてるでしょ？　ユーチューブプレミアム入ってるし」

「ゼイタクの物差しが庶民的すぎないか？」

「昨日ここでWi-Fiもないのにストリーミングで映画見せてくれたじゃん。スマホの通信料とか気にしないの？」

「したことない。足りなくなったら補充すればいいし」

「ギガ貴族様め……」

言いつつも、カイの左腕にグローブをつけてやる。

屋上でキャッチボール。

力加減を間違えたらボールが飛んで行っちゃいそうで、スリル満点。

間違いなく校則違反だけど、私服姿のぼっち二人には関係ないや。

「カイってお金持ちだよね。顔もいいし、モテるんじゃない？」

ボールと一緒に会話を投げかける。

するとカイは意外と器用にグローブでボールをキャッチしてから、

「まあな。彼女いたことあるし」

「えっ⁉　……ホント？」

「中学のとき後輩に『お試しでいいから付き合ってください！』って言われたから、付き合ってみた」

「そんな化粧品のセールスみたいな告白ある？」

「で、俺が特に何もしなかったら『恋人なんだからもっと大事にしてください！』って言われて、別れた」

「それって彼女って言えるの？」

「無理かもな。クーリングオフされちまったわけだし」

「もしもしカスタマーサービス⁉　私の好きピってば甲斐性《かいしょう》とか愛嬌《あいきょう》が故障してるんですけどぉ⁉　みたいな感じか」

「す……好き、ピ？　好きピって……なんだ？」

「好きな人って意味だよ。さっきもグローブのつけ方知んなかったし、もしかしてカイってけっこー世間知らず？」

「かもな。交友関係の広さバチカン市国なみだし」

「あー、私も似たようなもんだからわかるけど、他人と話さないとホント流行語についてけなくなるよね」

「ぶっちゃけ、教室でのクラスメイトの雑談に出てくる言葉の意味がわからないときがある。異国に迷いこんだ外国人の気分だ……」

「ふふーん。さては『限界オタク』とか『ヘラる』とか『てぇてぇ』とかも知らないなぁ？」

「ぜ、全然わからん……！　それホントに日本語か!?」

一体この国の言語体系はどこへ向かってるんだ……？　と真剣な顔で考えこむカイがなんだかおかしかった。

(ただ、ここだけの話、私も流行語に全然ついていけなくて笑われたことあったんだよね)

だからネットで検索してスマホのメモアプリに書き写して必死に憶《おぼ》えたっけ。

少しでもクラスメイトの会話に交じって、フツウになりたくてさ。

「あ、話を戻そ？　ちなみに私がお試しでいいから付き合ってって言ったら――」

「付き合わない」

「返答早っ。女子によっては致命傷になる危険球《デッドボール》だよ？」

「そもそもカナタはそんな自分を安売りする台詞《せりふ》言わないから、意味のない前提条件だ」

……わかってんじゃん。

もちろん今のは私の冗談なわけだけど、なんというか、自分の気持ちを言い当てられるのは、「付き合おう」って告白されるよりも照れくさいな……。

(まあ、カイがその子と付き合わなくてよかったけどさ)

もし今も付き合ったままだったら、一応女子な私とこうして二人きりですごしてなかったかもしれないし。

その子みたいに告白したりなんてしないけど、カイは私の唯一の友だち。

「女はキャッチボールしないのがフツウって言ったりしないしね」

「なんか言ったか？」

「ううん何も！　よし、肩温まってきた！　本気で投げていい!?」

「本気じゃなかったのかよ」

「私が本気で投げたらただじゃすまない。もし試合だったら折れるよ？」

「バットが？」

「心が」

「どんなトラウマボールだ。まあ、カナタなら打者の心を折るくらい簡単だろうけどさ」

「？　私ってそんなすごい球投げる強肩に見える？」

「強肩っていうより狂犬だろ？　教師にだってかみつくし、口の悪さはメジャーリーグ級。マウンドからヤジを飛ばせば誰でもハートブレイクだ」

「なるほど！　つまりは犬系女子みたいなもんか！」

「不思議だな。犬系女子の意味は全然わからんが、少なくともカナタとは似ても似つかない存在ってことはすぐにわかるぞ」

軽口を交わしながらのキャッチボールは、やけに楽しかった。

友だちなんていらないって思ってたけど……ひょっとしたら心の中では求めてたのかも。

本音で語り合える同世代の『誰か』を。

でも……。

(……カイは、どうなんだろ?)

私を恋愛対象として見てるわけじゃない気がするけど、どう思ってるのかな?

私と一緒にすごしてることについて。

私はカイを必要としてるけど……カイは、私のことを必要としてくれてるんだろうか。

(……その辺、全然わかんないや)

少年Aは謎も多い。

高校生にしては卓越した作曲センス。やたら羽振りのいいお財布。さらにクラスメイトがウワサしてたけど、なんと新宿《しんじゅく》のマンションで一人暮らしをしてるらしい。

そのあたりが気にならないかって言えば嘘《うそ》になるけど……。

(余計な詮索はしたくない)

この心地のいい距離感を維持したい。

だからもちろん、カイのマンションにも行ったりしない。

それこそ恋人じゃないんだしさ。

ガタンゴトン。
渋谷《しぶや》駅へと向かう地下鉄《メトロ》の中。
いつもは通勤ラッシュで混んでる車内なのに、なぜか今日は乗客が少ない。
「いたっ……あ、待って」
立ってた私にぶつかった女の子が何かを落としたので、拾う。
わっ、切符じゃん。
久しぶりに見た。
スマホアプリで乗車できる時代にわざわざ買う人いるんだ。
「切符、落としたよ……あれ？」
この切符、〝別世界行き〟って何？
不思議に思っていると、私にぶつかった女の子は切符を受け取り、ささやいた。
「これは〝チケット〟。Qがくれたものさ」
直後、レールが鳴いた。
そう表現するしかないような甲高く激しいブレーキ音。
衝撃。悲鳴。事故。
アルミ缶みたいに電車がへこんで、私たちはぐちゃぐちゃにかき混ぜられて——。

目を覚ました。

「っ」

自分の部屋のベッドの上。

響くのは聞き慣れたスマホの無機質なアラーム。

窓の外からは雨音。

6月6日、午前7時。

「……夢?」

それにしてはやけにリアルだったな。

まるで一度体験したことがある出来事みたいに。

それに〝チケット〟って……。

▶

「ねえ、カイはどう思う?」

放課後。雨が降ってるので屋上じゃなく人気《ひとけ》のない空き教室で、私は今朝見た夢の内容をカイに話していた。

「あ、そう」

「それだけ!?　ま、他人が見た夢とか世界一どうでもいい話だけどさ」

「カナタはどうでもよくなさそうだな」

「まあね。実は授業中にスマホで調べてみたんだ」

「ちゃんと授業受けろよ少女Ａ」

「キミこそ教師受けする制服《ふく》を着なよ少年Ａ」

軽口を交わしつつ、私はスマホでアクセスしたサイトを見せた。

いわゆるネット上の情報を集めたまとめサイト。

そこにアップされた一つの記事――〝**響界線《きようかいせん》の伝説**〟

「響界線？　そんな路線あったか？」

「ないね。だからこそ伝説ってわけ」

「存在しないはずの路線ってわけか」

「昔から東京《とうきよう》の地下鉄――今でいうメトロには色んな都市伝説があったんだって。たとえば『永田町《ながたちよう》駅には政府専用連絡通路がある』とか『国会議事堂前《こつかいぎじどうまえ》駅には有事の際に備えて核シェルターが配備されてる』みたいな」

「他にもありそうだな」

「正解！　政府関係者しか利用できない秘密の駅があるとか、どこかに旧日本軍が残した軍事基地が眠ってるとか……！」

「陰謀系ユーチューバーが取り上げそうな内容だ」

「あはは、かもね。で、最近ウワサになってるのが響界線《きょうかいせん》なの。ほら、見て？」

◆都心に張りめぐらされた地下鉄――メトロ。
メトロにまつわる都市伝説は３つある。
・その１　〝神隠し〟
昔、メトロで少女が行方不明になった。
どの駅の監視カメラにも降りる姿が映ってなくて――つまり。
彼女は今も、メトロのどこかにいる。
・その２　〝最果ての駅〟
気が付くと乗客は自分だけ。
停《と》まった駅の電気が消えて――真っ暗だったらご用心。
そこで降りたら、もう戻れない。
・そして、その３　〝女王Ｑ〟
Ｑはあなたに切符をくれる。
ここではないどこかへ至る、こわくて、かなしい、片道切符。
それが、〝響界線〟の伝説。

「ふうん」

カイは私のスマホ画面を眺めてから、

「色々と気になるフレーズがあるけど、カナタが気になってるのは、夢の中で拾った〝チケット〟か？」

「――さすがカイ。冴《さ》えてる」

たった一人の友人は頭が回る。

カイは私服高校に通ってたけど、そこは偏差値高めの名門私立だったらしいしね。

「『Qはあなたに切符をくれる』ってあるけど、夢の中で拾ったのがそうだって言いたいのか？」

「確信はないけどね」

「おかしな話だな。だってカナタ、夢を見た後で響界線について調べたんだろ？」

やっぱり頭いいなぁ。

こっちが言いたいことを先回りしてくれるから話が早い。

「そうなんだよね。私は響界線のことを何も知らなかったのに、あんな夢を見た。どうしてだと思う？」

「さあな。前に聞いたことがあったけど、カナタが忘れてるだけとか」

「要約するとつまり私が記憶力のないアホだと？」

「それか単なる偶然。切符を拾った夢を見ただけで、響界線《きょうかいせん》とは何の関係もないってこともありえるだろ？」

「おい私がアホってこと否定しろよバカ」

「バカとアホならいいコンビじゃないか」

「……たしかに！　さすが親友！」

「同意すんな。それにしても『どこかへ至る』か。そのチケットを現実で手に入れたら何が起きるんだ？」

「願いとか叶《かな》っちゃうんじゃない？　もしカイならどうする？　なんでも願いが叶う魔法のチケットが手に入ったら」

「俺に叶えたい願いなんてないよ」

「相変わらず冷めてるなぁ」

「カナタだって温度感は一緒で、特に願いとかないだろ」

「せいかーい。まあ、強いて言うなら、いっそタイムマシーンとかほしいかな。子供のころの自分に、将来の夢についてしっかり考えとけって言える。そうすれば今苦労しなくて済むじゃん？」

　私たちは高校2年生。

そろそろ進路とか考えなくちゃいけない年ごろだ。

学校っていう電車に乗車中なわけだけど、終着駅《そつぎょう》までの時間は確実に減っていってる……。

（フツウなら将来の夢とかあるのかもしれない）

けど、あいにく私には何もないなぁ。

やりたいことも、なりたいものも。

だったらこのまま学力的に行けそうな大学に行く？

でも大学に行ってどうすんの？

また卒業までやりたいことやなりたいものを探す？

それで結局見つけられなかったら、私はどうなるんだろ？

「未来なんてわからないよね。屋上だって、いつ使えなくなるかわかんないしさ」

「……………」

「考えたくもないけど、そうしたらもう学校では歌えない……」

飛ばされた担任以外の教師にバレたり、もし南京錠《なんきんじょう》を付け替えられたりしたら、あっけなく私の居場所はなくなってしまう……。

「なあ」

ぽんっと、カイの右手が私の頭を軽くなでてきた。

いつもは髪形崩れるから馴《な》れ馴《な》れしく触られるのは好きじゃないけど、今は嫌な気がしない。

私の気分が沈んでるのをカイが悟ったのがわかったからだ。

(なんだかんだ、優しいよね少年A)

他の生徒には不愛想だけど私だけには見せてくれる気づかい。

友人として、胸が温かくなる。

「新曲を作ったから、ボーカルになってくれないか?」

が。

窓の外から届く雨音の中で響いた言葉は、どこまでも予想外だった。

「え? 私が歌うの?」

ホントに?

私なんかがカイのメロディで歌っていいの?

「なんで笑ってるんだよ」

「は!? 別に笑ってないし!」

やばい、うれしい!

でも耐えてくれ表情筋!

思わず踊り出したいくらいはしゃいでるってバレるのはかなり照れくさい!

「てか、お願いするとこだよ、ここ」

胸の内をごまかすように、私は続ける。

「『カナタさん、歌ってください』ってさ。カイってお坊ちゃまだから意外と常識ないなー」

ただ頭の中ではカイの声が蘇《よみがえ》る。

――うまいじゃん、歌。

私なんかの歌をほめてくれた。

そして今日はボーカルになってくれと言ってくれた。

(それって、つまり)

カイの曲が私に響いたみたいに、私の歌もカイに響いたってことなのかな？

……いや、この不愛想男に限ってそんなことあるわけないか。

それに私は歌が下手くそだ。

声楽部のみんなや、歌うま番組で優勝したミハルとは違って――。

「――頼む。カナタの歌、俺にとっては〝音楽〟なんだ」

心臓が人生で一番大きく脈打った。

うるさいくらいに高鳴る鼓動の中で、私の脳裏に蘇るのは、カイの言葉。

――誰にも響かなければただの音。

――〝音楽〟じゃない。

前にそう言ってたのに……。

「なんだよ」

あまりの驚きに固まっている私に、カイは少しすねた口調で言う。

「お願いするとこって言ったのはカナタだぞ？」

「あっ、で、でも！　……ホントに私なんかでいいの？　私って……歌下手だし。おかげで声楽部でも必要とされなくなっちゃったしさ」

「は？」

カイは心底驚いたような顔をした。そのまましばらく考えこんでから、

「――なるほど。大体読めた」

「？　何が？」

「カナタの歌をけなしたのが声楽部のヤツらだってことがだよ」

心配すんな、とカイは微笑《ほほえ》んでくれた。

「言ったろ？　俺、カナタの歌が好きなんだ。下手だと思ってたらさっきみたいなお願いしないよ」

「そ、それもそっか……」

否応《いやおう》なしに鼓動が高鳴る。

……ずるいよ。

ここまで素直に言われたら断れないじゃん。恥ずかしい台詞《せりふ》言ってるくせに平気な顔しちゃってさ。なんか不公平。私だけ照れさせやがって。

いつか照れさせてやるからな⁉　なんて考えつつも、罪悪感もあった。

カイは私の歌を好きって言ってくれるけど、私はカイの曲が好きだってはっきりと口に出して言ったことは一度もない。

わかってる。

好きなものは好きだって言うのが私のポリシー。

だから今の私は自分の信念に反してるし、ひどく矛盾してるとも思うけど……。

（……恥ずかしすぎるでしょ？）

そんなのなんだか告白みたいで……絶対できない！

「じゃあ、歌詞はＬＩＮＥで送っとくから」

「了解。それじゃ今から練習して、来週あたり録音しに行こ？　スタジオとか借りるの？」

ブルジョワ高校生なカイのことだ。

設備の整ったスタジオとかレンタルしてくれるのかも。

「いや」

カイは軽く首を振ってから、なんでもないことでも言うように、

「宅録しよう。俺の家に来てくれ」

その直後、教室の外の廊下から息を呑《の》むような音が聞こえた気がした。

▶

「……どうぞ。つまらないものですが」

新宿《しんじゅく》の一角にあるマンション。

歌入れの日、私はカイの自宅となっている一室で紙袋に入った菓子折りを手渡していた。

「なんで菓子折り？」

「聞くな」

「ここに来るまでに転んで頭を打って人格が変異したのか？　じゃなきゃ問題児なおまえがこんな丁寧なことするとは——」

「だから聞くなっ。こっちにも色々と事情があるのっ」

最悪なことに。

昨晩自分の部屋でカイの家に何を着ていくか悩んでいた現場を、お母さんに目撃された。

ハンガーにかけられた服を両手に持ってあーでもないこーでもないとうなる私に、お母さんは一瞬驚いた後で、

『もしかして、デート!?』

ちちちち違う⁉　という返答はＤＪがスクラッチかけたみたいにかみかみだった。

お母さんはやけにうれしそうに、

『そっか。だから最近楽しそうだったのね』

『は⁉　私が⁉』

『学校に行くとき前より明るい顔してたじゃな～い。「大変お父さん、娘に彼ピができたかも！」ってお仏壇の前で報告してたのよ？』

『彼ピ言うな⁉　あいつはただの友だち！　ちょっと家に遊びに行くだけ！』

『えっ、大変！　向こうの親御さんに失礼がないようにお菓子持ってって⁉』

『いや、あいつは――』

『ホントによかった！　私服で登校し始めたときは学校になじめてるのか心配だったけど、仲の良い友だちがいてさ！　今度お母さんにも学校の話を聞かせてね⁉』

あそこまで期待のこもった顔をされたら、「まあ、今度ね」と苦笑しつつもうなずくしかなかったの。

不安に思われたくなくてぼっちなことは言ってなかったし、最近は学校の話もほとんどしてなかった。

ただ、そっか。お母さんも心配してくれてたのか……。

「帰ったらちゃんと話さなきゃ」

つぶやきながら、つい部屋の隅にあった姿見で服装を確認。

……おかしくないよね？

私たちは友だち同士。

だから変に気合入れた服で突撃したくないと思って、結局いつも学校で着てるようなコーデにしてみたけど……。

（いや、別に意識する必要ないでしょ）

カイと私は友だち。

お宅訪問したからって告白もハグもキスもしないんだから。

その証拠にカイだっていつも通りの不愛想。

カイが中学時代の男友だちとは違うってわかってる。

自分の欲望を叶《かな》えるために私に優しくするようなヤツじゃないってさ。

「話って、何が？」

机に置かれたノートPCの前で歌入れの準備をしてたカイが訊《たず》ねてきた。

部屋の一角には鍵盤《キーボード》。立派なスピーカー。録音用マイク。そして名前もわからないお高そうな機材たち。

（やっぱりカイってお金持ちだよね）

この部屋にベッドがないってことは、たぶん間取りは１ＬＤＫか２ＬＤＫ。

マンションの外観も内装も綺麗《きれい》で新しめ。

これから宅録するってことは防音もかなりしっかりしてる。

(下手したら月の家賃30万くらいいってるんじゃないかな?)

たしかカイが前に通ってた学校って横浜《よこはま》だったよね?

家族はそっちにいるのかな。

東京《とうきょう》の学校に通うことになった息子にこんな家を用意するなんて。

カイってすごく大事にされてるのかも。

「おい」

「えっ、あっ、私がぼっちだってこと親にバレてたっぽくてさ。だから今日のこと話せばお母さんも安心するかなって」

「友だちの家で歌入れしたって?」

「そう。ちなみにカイの親はどんな感じ?」

訊ねてから、ちょっぴり後悔。

なんだか詮索してるみたい。カイの曲のボーカルになれること、そしてカイの家に来れたことで、思った以上にはしゃいじゃってたのかも。

「今は放任主義だな」

私に背を向けて作業をしながら、カイはつぶやいた。

「ほとんど勘当されてる」

「えっ」

「色々あったんだよ。俺、家庭の都合でガキのころからピアノをやらされてたんだ」

瞬間、私は思い出していた。

カイに二回目に話しかけられたときに抱いた疑問。

私は以前どこかでカイの顔を見たことがある。

——今日紹介するのは、天才ピアノ少年の[redacted]くん！

昔偶然見た動画に、子供のころのカイが映ってた。

ユーチューブに違法アップロードされてたテレビのドキュメンタリー番組。

——[redacted]くんの両親は、ピアニストになるのが夢でした。しかし、二人で音大に通っていたとき、その夢は絶たれてしまいます……。

女性のナレーションは語ってた。

音大生だった両親が交差点で信号待ちをしてたとき、居眠り運転の車が突っ込んできたこと。

そのとき負った怪我《けが》の後遺症で、二人ともピアノを満足に弾くことができなくなってしまったこと。

——両親は夢をあきらめるしかありませんでした……。しかし！　二人の夢を継ぐ存在

があらわれたのです！　それこそが■■くん！

——■■くんは毎日毎日ピアノの猛練習！　ぼくがパパとママの夢を代わりにかなえるんだ！　その一心で！

——がんばれがんばれ■■くん!!　きっとキミなら世界一のピアニストになれるよ!!

あからさまなお涙ちょうだい感動番組《えんしゅっ》。

動画には両親の指導の元、一生懸命ピアノを弾く少年の姿が映ってたけど……。

「高1のとき、コンクール前に学校でやらかしてさ」

「何したの？」

「担任ぶん殴った」

ストレートな告白だった。

「こう、右手で正面から思いっきり」

というより右ストレートな告白だった。

「バカだろ？　もっとバカだったのは、殴った拍子に手首をねんざしてコンクールに出られなくなったこと。それで親ともめてさ」

「でもさ、それって……」

何か理由があったんじゃない？

カイはセクハラ教師を告発したけど、何の理由もないのに暴力を振るうなんて思えない。

「で、ピアノをやめることになって、実家から追い出された」

「そうだったんだ……」

「まあ、逆に感謝してるけどな。実家が裕福なおかげで生活費はたっぷり口座に振りこんでくれる。それでこんなマンションに住めたし、いい機材もそろえられたからな」

「やっぱカイってお坊ちゃまだったんだ」

「やっぱ？」

「お金持ちっぽかったし、食事のときのお箸の使い方がやけに綺麗《きれい》だなって思ってたんだ」

制服着ない問題児のくせしてさ、とからかう。

すると、カイは微笑《ほほえ》んでくれた。

「あのな。有名なミュージシャンだって実家が金持ちなことが多いんだぜ？」

「そうなの？」

「この前カナタにリクエストした曲のボーカルさ、子供のころに日本武道館で開かれたヴァイオリンの発表会に出たことがあるんだ」

「めっちゃいい教育受けてるじゃん!?　ステージでけっこー過激なパフォーマンスしてたのに！」

「だろ？　音楽の教育を受けるのにも、楽器を買うのにも、スタジオで練習をするのにも、結局金がかかる。それに……」

「それに？」

「俺がお高い機材で曲を作って、ネットにアップできてるのはそういう環境があったからでもある」

ふうっと、覚悟を決めたようにカイは一度息を吐いてから。

「ずっと話してなかったけど、俺が〝A〟なんだ」

私が歌うことをより好きになったきっかけ。

私に響く〝音楽〟を生み出した作曲者の名前を、口にしていた。

▶

「うん。知ってる」

「はあ!?」

即答すると、カイはわかりやすく驚いた。

「あのね。私だってアホじゃないからね」

カイが聴かせてくれた曲、〝A〟の作風によく似てたしさ。

だからこそ、すごくうれしかったんだよ。

憧れの作曲者にボーカルになってほしいって言われたことが。

「……そっか」

「なんでそんなに固い顔してるの？」

「いや、だってカナタ、〝A〟のファンだって言ってただろ？　その……がっかりしなかったか？」

「は？　なんで？」

「〝A〟の正体が俺みたいなヤツでさ」

らしくないことに、たった一人の友人はひどく自信なさげだった。

それは今のカイの現状が原因なのかも。

前の学校でトラブルを起こして親にも勘当された。

昔からずっとやってたピアノもやめてしまった。

さらには学校に馴染《なじ》めず、誰にも必要とされてなかった、ぼっちな少年A……。

「がっかりするわけないじゃん」

そう言った後で――私は、カイの体を抱きしめていた。

急に抱きつかれてカイは驚いたみたいだけど、何も言わなかった。

私たちは恋人じゃない。

だから告白もキスもハグもしない。

そう考えてたけど、これくらいはいいよね？

(他人事《ひとごと》には思えなかったんだ)

カイは問題児だ。

この世界の模範解答《せいかい》から外れてる。

ひょっとしたら、カイは心のどこかでそのことを気にしてたのかも。

いくらがんばってもフツウになれなかった私みたいに。

そう考えたら、放っておけなかったの。

「カイにはすごく感謝してるよ」

抱き合ってるせいで鼓動《たいおん》が伝わる。

「私も色々シンドいことあったんだけどさ。カイのおかげで前よりも音楽を好きになれた。歌うことに夢中になった」

自分のものなのか、それともカイのものなのか。

「どうすればフツウになれるのか？　いっつもそんな疑問を抱いてた。けど、カイは私の疑問を吹き飛ばす答えをくれた」

トクントクンと響くおだやかなメロディ。

「好きな曲を聴いて、好きな歌を口ずさんでるときは、嫌なことを忘れられる。フツウじゃなくてもなんとか生きていける。そんな気分になれる。それが私が手に入れた答え」

「カナタ……」

「カイがどういう理由で〝A〟って名乗ったかはわからないけど、その名前の通り、カイは私にとっての〝解答《Answer》〟をくれたんだよ。ずっと嫌いだったけど、カイのおかげでこの街が好きになれた」

だからさ、と。

高鳴る鼓動を名残惜しくも思いつつ、ハグした体を離した後で気持ちを伝える。

「お礼に、今度は私があげるね？」

こういうとき、恋人だったらキスとか、もしくはそれ以上のことをして、男の子をはげましちゃうのかも。

でも私はカイの恋人じゃない。友だちだ。

それにカイが屋上で言ってたっけ。

曲が問題だとしたら、歌はきっと解答みたいなもの。

だから私は——カイが作った曲に合うとっておきの歌をあげたい。

私たちをつなぐ、新しい絆《きずな》をつむぐために。

「――ありがとな」

問題児らしくない素直なお礼に。

おでこまで一気に、自分の顔が火照《ほて》るのを感じた。

（……反則だ）

そんな顔しないでよ。

他人がいる教室じゃ決して見せない安心しきった顔。

普段は無愛想な友人のやわらかい表情を見たせいか、ハグしちゃったこととか、素直に自分の胸の内を打ち明けちゃったことが、とんでもなく照れくさい……！

「カナタ？」

「は、早く歌入れしよ!?　今日はそのために来たんだしさ！」

羞恥心を隠したくて話題をチェンジ。

もちろん緊張してる。

正直昨晩は一睡もできなかった。

――うまく歌えるかな？

そんな不安が胸の中でうずまいてたの。

大勢の前じゃないとはいえ、こんなシチュエーションで歌うのは緊張するよ。

「じゃあ始めるぞ？」

「あっ、待って？　やっぱ……流行《はや》りの歌い方とかした方がいいのかな？」

「なんで？」

「再生数とか気になるんじゃない？　あいつみたいに」

「あいつ？」

カイに渡されたヘッドフォンをつけた後で、私はつい話してた。

中学時代の元友人。

TikTok の再生数ばかり気にしてた歌ってみた配信者。

私を襲ってきた人。

「あっ、あいつの家に行ったけど、何もなかったよ？　押し倒されたけど逃げた……って、カイ？　どうしたの？」

「──なあ。ソイツの動画《うた》ってどんくらい再生数行ってた？」

「5000くらいかな？」

「ならそれ以上を目指そうぜ？」

「は!?　む、無理だよ！　よくよく考えたら、私に流行りの歌い方なんてできるわけなくて──」

「しなくていい。何度も言ってるだろ？　俺はカナタの歌が好きだよ」

「っ」

「カナタはカナタの歌い方をしてくれ。それが一番俺の……いや、みんなにとっての〝音楽〟になる」

　胸の中にあるやわらかい部分がくすぐったくなった。

（まるで魔法をかけられたみたい）

なぜか今なら、どんな問題《メロディ》にだって答えを出せそうな気がする。

「わかった」

けどこのままじゃ照れくさくて仕方がないので、いつもの軽口をかます。

「せっかくだからアレ出してよ！」

「アレ？」

「スタジオとかでボーカルが歌入れするときに出す合図！」

「あー、なんとなくわかったけど、マジ？」

「マジ！」

「けっこー恥ずいんですけど」

「そこをなんとか！　お願い親友～！」

「うちのボーカル様は遠慮がねえなぁ。わかったよ。その代わりトレンドインするくらいの歌声を頼むぜ？」

「はっ⁉　それはさすがに……」

「できるさ。俺とカナタなら」

相変わらず照れくさくなるような台詞《せりふ》をさらりと告げた後で、
カイはマイクの前に立つ私に「じゃあ行くぜ？」と笑顔でつぶやいてから、

「――CUE《キュー》！」

瞬間、ヘッドフォンの奥から溢《あふ》れ出すメロディ。

私に響く音楽。

――絶対、今日のことを忘れたくない。

強くそう思った。

だから私は、カイの曲《Q》に、精一杯の歌《A》を贈ることにした。

トキオ

最初のQ！　世界を救う手段があるとして、代償が誰かの命だとしたらあなたは実行できますか？

リンネ

いきなりすぎない？　どう反応すればいいかわかんない。ねえ、パパ？　どういう悪ふざけ？

トキオ

よきQuestionだねリンネ！　きみたち若者には、こういう突然に現れる理不尽な難問、不可解な問いを愛せる人になってもらいたい！　そして自分なりのAnswerを導き出せるようになってほしいんだ！

イツカ

本格的に意味が行方不明！　リモートMTG《会議》でする話題にしちゃ重すぎません？

セツナ

イツカの言う通り。プロデューサー壊れた？

リンネ

大丈夫。パパは元から色々ぶっ壊れてる

トキオ

さすが我が娘！　場を和ませるためのナイスジョーク！

イツカ

二人とも仲良いんだね～

リンネ

そんなことない！　話を戻そ!?　今日はパパが作ったボーカルグループの……Qlover《クローバー》の顔合わせでしょ!?

＋　Qlover Talk vol.1

セツナ

これから曲を録ったり、ステージで歌ったりするのかな？
正直、歌はあんまりなじみがない

イツカ

わたしもセツナちゃんと一緒。言いにくいんだけど、
実はたま〜にカラオケ行くくらい

リンネ

……何か、聞いてた話と違うけど、パパはどういう基準でイツカとセツナを選んだの？

トキオ

もともと二人の才能を知っていたんだ。
ちょっと込み入った理由があって

リンネ

つまり、二人はパパの知り合いなの？

イツカ

セツナちゃんはナンパされたんだよね？

セツナ

うん。メトロで声かけられた。『僕はトキオ。前にどこかで会ったことない？』ってすごいイケボで訊かれた

リンネ

パパ？　何その化石みたいなナンパスタイル？
センスが平成レトロどころか昭和オーパーツって感じだよ？

トキオ

令和ＪＫツッコミが身に染みる！　本当に記憶がよぎっただけ！　実際知ってる子だったわけだし！

イツカ

わたしはね～。校門の前で出待ちされて～。『僕はトキオ。突然ごめんね。時間いい？』って、すごいキメ顔で話しかけられた！

リンネ

パパ？　Ｐ活？　Ｐ活狙いなの？

トキオ

ただのプロデューサー活動だよ！？
『歌い手になって！』って言っただけ！

イツカ

でも『その制服似合ってる！』とか

セツナ

『じっくり声聞きたいからこの後カラオケどう！？』
とか誘われたよね

リンネ

二人とも、ごめん。ＭＴＧの続きは明日やろう。
パパはこのあとお話があります

――逃げるな

トキオ

……はい

俺さ。

昔は音楽が嫌いだったんだ。

嫌いになった原因は、家庭環境。

俺の両親はピアニストを目指してたけど、交通事故で夢をあきらめるしかなかった。

で、その夢の引継ぎ役に選ばれたのが、俺。

ただ、夢を失《な》くした影響で両親は極度の教育パパ＆ママに成り果てていた。

二人の口癖は「ピアノの腕前は練習時間に比例する」

ガキのころから練習は毎日8時間以上。

食事の前には必ずピアノを弾く。

朝はショパン、おやつの前にはリスト、夜はバッハみたいな感じで。

ノーミスで弾けば食事を全部食べられるが、ミスをすればするほど食事量は減ってゼロになって、おまけに、

——なんでこんな簡単なミスするの!?　ホントに私たちの子供!?

——もっと必死に弾け！　指へシ折るぞ！

両親からの罵倒&愛の暴力《ムチ》がデザートとして振る舞われる恐怖政治。
『わかるよな？　父さんや母さんが厳しくするのは、全部おまえの将来のためなんだ』
二人が笑顔で語る言葉は、虐待を正当化するための綺麗事《きれいごと》にしか聞こえなかったよ。
指を怪我《けが》するようなスポーツはすべて禁止。
友だちと遊ぶよりも鍵盤と戦う毎日。
その中で求められたのは、コンクール受けする綺麗な演奏。
審査員《おとな》に媚《こび》を売るために楽譜をどれだけ正確になぞれるか選手権。
だからいくらトロフィーを獲得しても気持ちが悪かった。
ずっと大嫌いだったんだ。
夢を失くした両親の夢を代わりに叶《かな》えるための演奏。
弾くんじゃなくて弾かされてるだけ。
俺が奏でてるのは、誰の心にも響かない、ただの音……。
ふざけんな。

そんなの、〝音楽〟じゃない！

みたいなことを担任ぶん殴った後に両親に言ったら、実家を追い出されちまった。

「少し頭を冷やしてこい。そうすれば父さんや母さんが正しかったってわかる」って一人暮らしするマンションをあてがわれて、この高校に通うことになった。

でも、環境が変わっても、人間関係にはうんざりしてたよ。

コミュニティを維持するために周りの空気《いろ》に合わせたがる生徒《カメレオン》たち。

口を開けば綺麗事《きれいごと》ばかり。

薄っぺらい共感と肯定を披露する。

結局、開催されてたのはどれだけ『優等生』になれるか選手権。

人間関係で赤点を取らないように必死になるヤツらばっかり。

つまんねえ。

だって、そんなの……まるで俺の演奏《ピアノ》みたいだろ？

自己嫌悪で吐き気がする。

ピアノを弾かずに自由に作曲するのが楽しくなり始めてたけど、不安もあったんだ。

ときどき自分が作った曲が全部同じに聞こえたから。

誰かの心に響くのかわからなかった。

でも、あの日——カナタの歌を聴いたんだ。

屋上から漏れ聞こえてきた歌。

デヴィット・ボウイに乗せた即興の歌詞。

ありがとな。
言ったろ？　カナタの歌は俺にとっての〝音楽〟だってさ。
おまえとなら誰かの心に響く曲を作れると思った。
あの歌を聴いたときから、俺はきっと――。

▶

「わっ」
通学中のメトロ。
乗客多めな車内の息苦しさを吹き飛ばすニュースが飛びこんできた。
《この曲めっちゃエモい！》
《ボーカル誰？　いい声じゃん。推せる》
《〝A〟って前からいい曲上げてたけど、今回のは特にすごい！》
先週私が歌入れをした曲。
カイが〝A〟名義でＳＮＳに発表すると、バズっていた。
しかも万バズ。
曲の動画は10万再生突破。

５０００再生を目標にしてたのがバカみたい。

私の歌まで絶賛されてるけど、ひょっとしたらカイがいつもよりうまく聴こえるように私の声をいじってくれたのかも。

うれしさに浸りながら、ポケットの中身に触る。

カイが「昔は音楽が嫌いだった」という過去《はなし》と一緒に私にくれたもの。

私にとっての新しい宝物。

（そういえば）

あのとき、なんて言いかけたんだろ？

「あの歌を聴いたときから、俺はきっと――」まで言ったところで、カイは話を打ち切ってしまった。

たぶんずっと打ち明けたかった過去を話してくれたんだろうけど、最後になんて言いかけたのか気になる。

《ねえ、カナタ？　できれば今日の放課後、音楽室に来てくれない？》

「！」

不意にミハルからＬＩＮＥがきて驚いた。

《実は……ずっと、カナタに謝りたいと思っててさ》

信じられない内容。

ミハルいわく、今更だけど自分の行いを後悔した。

だから私に謝りたい。

そしてできれば声楽部に戻ってきてほしい……とのことだった。

「いや……」

無理でしょ？

今さら声楽部には戻れない。

私にはもう新しい居場所がある。

だからまた既読無視しようかと思ったけど……。

《お願い！　私たち、どうしてもカナタと話がしたいの！》

話がしたい、か。

それなら音楽室に行ってもいいかもね。

もしホントにミハルたちが謝りたいと思ってるならちゃんと謝罪を受け入れて、その後で私の意思を伝えよう。

声楽部に戻る気はないって。

▶

「あっ、待ってたよ、カナタ！」

しかし、放課後の音楽室に行ったところ、待っていたのは二十人を超える声楽部員たち。

見慣れない顔が何人かいるのは新入部員だろうけど、

「じゃあ、歌ってもらおっか？」

「は？」

「あはは、何を驚いてんの？　カナタ、LINEで言ってじゃん。『今年入った部員の前で一曲歌いたい。私一人で』ってさ」

まったく心あたりがないことを語るミハルのニヤついた顔を見たとき、私は察した。

(やられた)

カイと作った曲の評判がよかったことで浮かれてたんだろう。

私は実に当たり前なことを見逃していた。

声楽部のマリー・アントワネットが謝罪なんてするわけないじゃん。

「わあ、楽しみ～！　一人で歌うってよっぽど自信がないとできないもん！」

「カナタって実はミハルより歌うまいしさ！」

「1年生のみんなもよく聞いといてね!?」

声楽部員たちがミハルと同じ悪意がにじんだ笑みではやし立てる。

おそらくは何も事情を知らない1年生たちが拍手してくる。

（……心底、意地が悪い）

この状況は間違いなく私に恥をかかせるために用意されたもの。

新入部員たちの前で一曲歌わせる。

彼らの期待をたっぷり煽《あお》っておいて、下手くそな私の歌を聴かせることで、心の底からがっかりさせる。

そうやって私の自尊心《プライド》をボロボロにする。

反射的ににらむと、ミハルは実に愉快そうに唇を吊《つ》り上げた。

「どしたの？　早く歌ってよ？」

「ミハル……」

「私たちの前で歌うくらい余裕でしょ？　この前は彼氏の家で歌入れしてたくらいなんだしさ」

ああ、なるほど。

なんでミハルがこんな行動をしたのかわかった。

カイに空き教室で宅録に誘われたとき、廊下で物音がした。

たぶん、あのとき声楽部の誰かかミハルの友だちが廊下にいたんだ。

中に私たちがいるのを見て、何を話してるか知りたくて聞き耳を立ててたんだろう。

そして私がカイの家に行くことを知って――。

（私たちが付き合ってるんだって、誤解した）

そして、カイにご執心だったミハルの悪意に火が付いたわけだ。

「大丈夫、カナタ？　今になって緊張してきた？」

ミハルは笑顔のままで私に近づいてきてから、

「さっさと歌えよ、下手くそビッチ」

私にしか聞こえない小声でささやく。

「まあ、あんたの歌なんて誰にも響かないだろうけどさ」

たしかにそうかもね。

カイと作った曲はバズってたけど、きっとそれはカイのおかげ。

〝A〟の作ったメロディがよかったのと、私の歌声をいじってくれたから。

「全部あんたが悪い。あんたが空気を読まずに、あの人と付き合うから……！」

ミハルの言葉に、中3時代のトラウマがフラッシュバック。

あの性欲男子に押し倒されたときも言われたっけな。

空気を読めって。

でも……あの日からずっとがんばったけど、できなかった。

私はフツウになれなかった……。

「あはは、せっかくだから私のスマホで配信《インライ》もしとくね？　こんな爆笑イベントなかなかないもん！」

その結果、ミハルの恨みを買った。

ネットでさらされて笑いものにされる。

怖い。

体が震えるくらいに恐ろしい。

別に動画が拡散して、みんなに笑われるのはいい。

けど——そのことがトラウマになって、歌うことが嫌いにならないかって、私は心の底から不安だった。

歌。

音楽。

私とカイをつないでくれたもの。

あいつが〝音楽〟だって言ってくれた私の歌。

もし今回のことで歌えなくなっちゃったら、カイとのつながりまで消えちゃいそうで……！

「——待たせたな、少女Ａ」

いっそこの場から逃げてしまおうか、なんて思ったところで——音楽室の扉が開いた。

現れたのは、私服姿のカイ。

突然の訪問者に驚く声楽部員たちをよそに、彼は音楽室のピアノの前まで歩いて行ってから、

「なあ、ピアノ弾いてもいいか？」

「えっ……!?」

ひどく驚くミハルに、カイは続ける。

「今からカナタが歌うんだろ？　だったら伴奏くらいあってもいいんじゃないか？」

「そ、それは……構わない、けど……」

「けど？」

「えっと……弾けるの？」

ミハルの問いに応えるように、カイはピアノの前の椅子に座ってから、

「多少はな」

ほんの10秒ほど、ピアノを奏でた。

音楽室にいた全員が息を呑《の》む。

よどみなく、透き通った、流麗なメロディ。

黒白の鍵盤の上で繊細かつ大胆に踊る指先。

とんでもなく綺麗《きれい》な演奏。絶対に一朝一夕で身につけられるものじゃない。

長い年月をかけて丹念に磨き上げた、努力の結晶。

「すごっ」

「何今の……！」

「あの人こんなにピアノうまかったの!?」

音楽室に部員たちの驚愕《きようがく》と感嘆が響く。

ほんの10秒聴いただけで、カイがピアノにどれだけ向かい合ってきたかここの全員が理解して、聞きほれるような――美しい旋律。

「ん」

音楽室中が困惑する中で、ピアノのところに座ったカイが私を手招きした。

その表情は相変わらずの不愛想。

けれど、そのいつも通りな感じが最高に頼りになる。

(もしかしたら)

これから私に歌についてのアドバイスとかくれるんじゃ……！

「ヤバい」

しかし、カイは隣まで来た私にしか聞こえないような小声で言いやがった。

「すっげえ緊張してきた」

「観客《ギャラリー》多すぎだろ……。精々片手で数えられるくらいだと思ってた。おまえ敵作りすぎだ。さすがの俺も引いてる……」

「ちょ、バカにすんな！」

「ああ、悪い。さすがにここにいる全員が敵ってことは――」

「半数以上はただの敵じゃなくて天敵だよ！」

「余計タチが悪いじゃねえか」

「てか緊張してきたとか嘘《うそ》でしょ⁉　さっき『待たせたな、少女A』とかすっごいキメ顔で言ってたじゃん！」

「キメ顔……」

「そう！　だから自信持って――」

「聞いたことない表現だぞ……？　キメ顔って、どんな顔だ……？」

「今のあんたとは正反対の表情だよミスター世間知らず！」

　カイにしか聞こえないような小声で叫ぶ私。

　観客たちは「何あれ？」「なんかイチャついてない？」「余裕たっぷりじゃん！」なんてジェラってるけど、私らの会話はブラックコーヒーなみに糖分ゼロ。

　ただ、どうしてだろ？

「は？」

屋上で交わしてるみたいな遠慮ない会話をしてたら、不思議と緊張がほぐれて……。

「そろそろ大丈夫か？」

「っ」

ああ、さすが親友。

きっとカイはあえて緊張した演技《フリ》をしてくれたんだろう。

私の緊張をほぐすために。

しかも、さっきカイが弾いたメロディは——私が歌入れした、あの曲。

タイトルは、『Tik[Q]et』。

親友としての直感が告げる。

今から『Tik[Q]et』を歌えってこと？　カイの伴奏《ピアノ》と一緒に？

「歌えるか、カナタ？」

なぜカイが私の居場所を知ったのかはわかんないけど、今はどうでもよかった。

カイが一緒にいてくれる。

打ち明けてくれたから知ってるけど、カイはピアノで挫折した。

だからピアノを弾くのは好きじゃないはず。それどころか大勢の前で歌えない私と一緒でトラウマになってさえいるかも。だからさっきの言葉はすべてが嘘じゃない。間違いなく、カイも緊張してるはず。

(にもかかわらず、カイはここに来てくれたんだ)

私を助けるために。

その事実が大勢の前で歌う緊張も、ネットでさらされる恐怖も、これから歌えなくなるかもって不安も、殺してくれた。

「できるよ。私とカイなら」

歌入れの前に私を勇気づけてくれたカイの台詞《せりふ》。

それをなぞってから、静かにスカートのポケットに手を入れる。

中に入っているのは、小さな銀色の鍵。

あの日——歌入れが終わった後で、カイが「今回のお礼」と言って、あの部屋の合鍵をくれたんだ。

私は一人で歌える場所が屋上しかなかった。

カイの部屋は防音。だから好きなときに来て歌っていい……とか。

きっと屋上に入れなくなったらどうしようって不安になってた私のために、くれたんだと思う。

もちろん、恋愛的な意味で合鍵をもらったんじゃないってことはわかってるよ。

それでもうれしかったんだ。

私とカイの間に新しいつながりができた気がして。

その証拠に、こうして合鍵に触れてるだけで――勇気が出る。

『――頼む。カナタの歌、俺にとっては〝音楽〟なんだ』

カチャリと記憶の扉が開いて、カイの声が響いた。

歌おう。

下手くそでもいい。

カイが好きって言ってくれた〝音楽《うた》〟を。

そうだ、たとえ空気を読めなくても、〝フツウ〟になれなくても、周りの空気《いろ》に馴染《なじ》めない出来そこないのカメレオンでも、構わない。

さあ、開演時間だ、少女A？

大勢の前だけどいつもみたいにビビる必要なんてない。

宅録したときと一緒で――私には、最高に頼りになる相棒がついてる。

だから、好きな歌を好きなだけ、歌おう。

「――――」

再びカイが鍵盤《ピアノ》を奏でる。

黒白の旋律に乗せて――私は歌った。

親友と二人で作った曲。

不安はもうどこにもない。

歌声はどこまでものびやかに、まるで別世界に連れて行ってくれるチケットみたいに、私の心を高揚感で満たした。

▶

「改めて、ありがとう」

翌日。通学中のメトロでカイと会った私は、昨日の演奏会のことについて改めてお礼を言っていた。

「昨日は助かったよ」

「俺はただピアノを弾いただけだよ。歌ったのはおまえだ」

「そうだけどさ。カイのピアノがあったから、あんなことになったんだと思う」

私たちの演奏が終わると、音楽室を1年生部員の拍手が満たした。

彼女たちの表情に浮かんでいたのは、驚愕《きょうがく》、感動、歓喜、そして賞賛。

『めっちゃすごかったです！　ミハル先輩よりうまいって本当だったんですね！』

『うちの高校にここまで歌える人がいるなんて……！』

『配信《インライ》のコメ欄でも絶賛されてますよ⁉』

『どうすれば先輩みたいに歌がうまくなれるんですか⁉』

後輩たちに囲まれて大変だったっけ。

カイも「もう大丈夫だな」って先に帰っちゃうしさ。

「ホントすごいよ。私の下手な歌をあそこまで輝かせてくれるなんてさ」

「あのな。あいつらが賞賛したのは、か、な、た、の歌がうまかったからだ」

「は？　でも、私は——」

「ずっと下手くそだって言われてたんだろ？　声楽部のヤツらにさ。まあ、あいつらも嫉妬してたんだと思う」

カナタの歌唱力がずば抜けてたから、と。

カイは当たり前の事実を告げるみたいに言った。

「えっと、待って？　つまり……」

「あいつらはカナタの歌唱力に気づいてた。だからあえて下手くそって言うことで、おまえの自信を失《な》くそうとしたんだろ？　それが効いてるってわかってたから、1年たちの前でおまえに歌わせようとした。主犯《はんにん》に心当たりはあるか？」

「それは……」

間違いなく、ミハルだろう。

入部したときからあいつは私に突っかかってきた。

歌が下手だって言い続けてきた。

その言葉を私に信じさせて、すりこませるみたいに。

それは――私が自分より歌唱力があるって恐れたから？

声楽部で一番歌がうまいって称号を手放したくなかった？

「他人の評価ってバカにできねえからな。何度も他人に批判され続ければ、次第に自分の実力を見誤って、自信を失《な》くしちまう。その結果、本来の実力を出せなくなる」

「たしかに、私はあいつらに貶《けな》されて、大勢の前で歌うのが苦手になってた。カイが来なかったら、きっと1年生たちの前でもマトモに歌えなかった……」

「それが狙いだったたってことだ。そうやって陥れたいくらいに、カナタの歌が魅力的だったんだ」

「……ホントに？」

「じゃなかったらあそこまで1年たちが賞賛しないし、ネットで曲がバズったりもしないし、あのミハルって女もあんな顔しない」

カイの言う通りだ。

演奏が終わってから、ミハルは文字通り涙目になっていた。

思惑が外れて、私が下級生に賞賛されたことに打ちのめされたんだと思う。

ご執心だったカイも私の味方になっちゃったわけだしね。

「ところで……声楽部に戻るのか？」

「ううん。戻んない」

「いいのか？　1年たちに『歌を教えてください！』ってお願いされてたろ？　あそこまで結果を出したら、おまえを貶してたヤツらももうちょっかいは出してこない」

「だろうね。ミハルも今回の件で完璧に心折れただろうしさ」

「だったら——」

「いいんだ。部活に戻らなくても——私の居場所は、もうあるから」

「——そっか」

微笑《ほほえ》んだ後で、カイはドアの方へと向かう。

もうすぐ渋谷《しぶや》だ。

「それよりさ。昨日はどうして私が音楽室にいるってわかったの？」

「家に帰ろうとしたら、エリカって生徒にカナタが音楽室で大変なことになってるって言われたんだよ」

「えっ⁉」

「ソイツ、言ってたぜ？　前にカナタにいじめから助けてもらった。だから偶然ミハルたちの企《たくら》みを知ったとき、放っておけなかったって」

「そんな、助けたなんて……私はただ……」

「カナタがどう思ったかは関係ない。大事なのは結果だ。カナタのおかげで、エリカは助かったんだよ」

やるじゃん少女A、とカイにほめられて、顔が朱色に染まるのがわかった。

そっか。

私があのときミハルに言いたいことを言ったのは、無駄じゃなかったんだ。

別にいじめられてたエリカを助けようと思ったわけじゃない。

それでもカイの言う通り、あの子が助かってくれたのなら——。

「言いたいこと、言ってよかった」

「ああ。それに、カナタが助けたのはエリカだけじゃないぜ?」

カイがスマホを見せてきた。

《なんかすっごい元気出た!》

画面に表示されていたのは、ネットに上げた『Tik[Q]et』の感想。

《ホント、いい歌》

《メロもボーカルも最高!》

《やっぱ音楽っていいなぁ!》

別に『Tik[Q]et』は他人のために歌ったわけじゃない。

きっとカイも他人のために作ったわけじゃないはず。

《みんなに聴いてもらいたい！》

《絶対友だちにも勧める！》

《色々生きづらいことあるけど、この曲聴いてたらやっていけそう》

《学校行くときはこの曲聴きます。授業は退屈で友だちもあんまりいないけど、なんだか勇気が出るから》

なのに、たくさんの人が喜んでくれた。

カイや、みんなが、必要としてくれた。

まるで都市伝説に出てくる魔法のチケットみたいに。

下手くそだから誰にも届かないと思いこんでた歌が、私たち以外の誰かの心に響《とど》いてくれた……。

「カナタ？」

「っ」

不意に名前を呼ばれて、瞳からこぼれかけた涙を拭った。

ごまかすように「それよりさっ」と強引に言葉をつむぐ。

「カイのピアノ、すっごくよかったよ！」

お世辞じゃない本音だ。とてもじゃないけどカイがコンプレックスに感じてた楽譜をただなぞるだけの演奏には聴こえなかった。

「いや……俺も驚いた」

「？　何それ？」

「あんな演奏できたのは初めてだったからさ。きっと──カナタの存在《ボーカル》に引っ張られたんだろ？」

照れくささをごまかすように言ってから、渋谷《しぶや》についたところで彼は立ち上がった。

私も一緒に降りようと思ったけど──。

「先に行ってて？」

「なんだ、１限目はサボりか少女Ａ」

「そんなとこ。またね？」

「ああ。またな」

私が小さく手を振ると、カイも微笑《ほほえ》んでくれた。

愛想笑いじゃない、本物の笑顔。

今まで見たカイの顔の中で、一番幸せそうな笑み。

「ねえ」

そう思えたせいか。開いたドアからホームに一人降り立った友人に、私はずっと言えなかった言葉を口にしていた。

「――私さ。カイの〝音楽〟、大好きだよ」

まるで告白みたいな言葉。

閉まったドアの向こう。カイはぽかんと口を開けてから、今言われた言葉を理解したように、わずかに頬《ほお》を染めた。

ざまあみろ、これでおあいこだぞ。

いつも私の歌が好きって言って恥ずかしがらせたことへのお返し。

まあ……私の方もだいぶ顔が熱いけどさ！　あんな恥ずかしいこと言った後に並んで通学とか絶対無理だから電車に残っちゃったし！

「ふふっ」

再び走り出したメトロの中で、自然と笑みがこぼれた。

なんだかすっきりした。

カイに好きだって言えて。

それに、カイと作った『Tik[Q]et』は他人を喜ばせるために生まれたわけじゃない。

それでも私やカイみたいに生きづらさを感じてる誰かの力になってくれたとしたら、

(きっといいことだよね)

「そうだ」

カイにＬＩＮＥしとこう。

さっき赤くなってたことを軽くからかってやりたいし、合鍵をくれたことも改めてお礼を言いたい。

もらった直後はなんか照れくさくてちゃんと「ありがとう」って言えなかったしね。

それに一曲だけじゃもったいない。

もっとカイと曲を作って、誰かに聴いてほしい。

私たちの〝音楽〟を。

そんな風に願ったときだった。

「えっ？」

電車内のあちこちで鳴り響く警告《アラーム》。

緊急地震警報。

そう認識した瞬間――世界がひっくり返った。

そう錯覚するほどの衝撃。

体験したことのない揺れ。

車内の電灯が激しく点滅。

甲高いブレーキ音。

何かが焼ける焦げ臭い匂い。急停止に耐えられなかったんだろう。車両のタイヤが火花を上げた。

悲鳴、悲鳴、悲鳴、悲鳴、悲鳴。

車内はあっという間に阿鼻叫喚《グッチャグチャ》。

ドアがひしゃげて、ガラスが割れる。

乗客たちにもみくちゃにされる痛みで、私は悟る。

ああ、これは——夢じゃない。

「——」

少しの間、意識が飛んでたみたい。

「痛いよぉ！」「手が、私の手が！」「大丈夫か⁉」「逃げろ！」「早くドア開けろよぉ！」

「無事なヤツは手を貸してくれ！」「どけ邪魔だ！」「助けて、子供がいるの！」「気をつけろ！　いつ余震がくるかわからないぞ！」

電灯が消えた暗闇の中で、乗客たちがスマホのライトを頼りに叫ぶ。

余震？

やっぱりさっきのは地震ってこと？

深く考えてる暇はなかった。

きなくさい匂い。

タイヤじゃなくて何かが燃えてる。

闇の中、すごい勢いで煙が車内を満たし始めて、乗客たちの悲鳴が加速する。

本能が叫んだ――逃げろ。

でも、立てない。

まごつく私の視線の先。


渦巻く煙の向こうに、〝彼女〟がいた。


(彼女……いや、彼？)

わからないけど、恋人らしき女の子と幸せそうに抱き合ってる。

その手には夢の中で見た〝チケット〟。

たぶん〝別世界行き〟って書かれた切符を――手放した。


「!?」

爆発音。

再び世界がどうにかなったような衝撃。

激痛と共に私の意識は再び寸断される。
視界が暗転する直前、頭に浮かんだのはカイのこと。
またね？　っていつも通り何気ない、けれど再会のための約束を交《あい》わ《さつ》して別れた親友。
カイは？
カイは、大丈夫かな？

▶

病院のベッドで目を覚ました私は——現実を知った。

大災害。

あの日起きたそれはそう呼ばれるようになった。
東京《とうきょう》を襲ったマグニチュード9・0の大地震。
ラジオによると、100年前に起きた関東大震災のマグニチュード7・9の地震をはるかに上回る強さ。

最大震度は7強。

死者は関東一都六県で5万6千人。

東京23区だけでも2万2千人。

地震による倒壊、または発生した火災により延焼した建物の数は、都内だけで約60万棟。

経済被害額は年間の国家予算に匹敵する95兆円を超える見込み。

東京メトロ副都心線及び有楽町《ゆうらくちょう》線トンネル内で崩落事故発生、死者及び行方《ゆくえ》不明者多数。

内閣は緊急閣議を開き、官邸機能を一時東京から移すことを決断。

実質的に日本の首都機能は大阪《おおさか》へ。

電気や上下水道の各種インフラへの被害甚大。

避難民は数百万人に上るとされる。

復興時期――未定。

▶

カイが死んだ。

あの日、メトロで、炎に焼かれて。

「――」

大災害から2日後。

崩壊した東京《とうきょう》の街を、私は一人歩く。

目指すはカイのマンション。

ひび割れた道路。倒れた街路樹。崩れたビル。日夜問わず道を行きかう救急車と消防車。

災害派遣にやってきた自衛隊。

変わり果てた日本の首都。

電気、水道、ガスはまだ復旧してない。

スーパーは倒壊の危険があるのか閉まってる店が多くて、唯一開いていたコンビニも長蛇の列。食料品はほとんど売り切れてたっけ。

私は家に貯蓄してたミネラルウォーターとカップ麺で生き延びてる。

お母さんが防災用に買ってたカセットコンロが役に立ってくれた。

電気がなくてもお湯を沸かせるしね。

ただ、なんとかお腹《なか》は満たせても、ほとんど眠れない。

度重なる余震や救急車と消防車のサイレンがひっきりなしに聞こえて、眠るどころじゃなかったんだ。

家の中は地震でめちゃくちゃ。

お父さんの仏壇が倒れて、線香立ての灰が床にぶちまけられた。

掃除をしようにも、電気が死んでるから掃除機すら使えやしない。

そして、心の中もめちゃくちゃ。

それでも悪夢のような街の様子を胸に刻みながら歩いて、カイのマンションまでたどり着いた。

「無事だったんだ」

倒壊の危険があると言われて立ち入り禁止になった建物も多い。

私のマンションはなんとか無事だったけど、住人の中には行方《ゆくえ》不明になった人もいた。

私のお母さんも、その一人。

大災害が起きた日からお母さんは帰ってこないし、連絡もつかない。

突然すぎて現実感が全然ないけど、ひょっとしたら――もうこの世界にいないのかも。

他にも消えてしまった人はいる。

ミハルも、エリカも、クラスメイトの何人かも、地震で命を落としたと聞いた。

「お邪魔します」

合鍵でドアを開けるときにそうあいさつしたが、ひどくむなしかった。

声を返してくれる友だちはもういない。

あの日――私が電車の手すりに頭を打ち付け、意識を失った後。

メトロ内で火災が発生。

偶然現場にいたクラスメイトたちの話では、カイはその火災の中に飛び込んで5人もの人間を助けた。

けど、カイは戻ってこなかったの。

救助された私は避難所でそんな話を聞いて、打ちのめされた。

お母さんと違って具体的な死にざまを聞かされたせいか、カイの死がひどくリアルに感じられた。

でも——信じたくなかったんだ。

だから避難所の人たちが止めるのも聞かずに崩壊した街を歩いて、ここまで来た。

けど、やっぱり、ここにもカイはいない……。

『ねえ、カイ。トロッコ問題ってあるじゃん？』

いたるところで家具が倒れた部屋で思い出すのは、屋上で交わした会話。

トロッコ問題についての議論で、あいつはこう答えたっけ。

『何もしない。こういうとき、世間は絶対少ない方を犠牲にしろって言うから——従いたくない』

「……言ってたことと違うじゃん」

何もしないって言ってたのに……なんで？

なんで自己犠牲なんかしたの？

なんで一人で死んじゃったの⁉

「——私だけを置いてかないでよ！」

叫んだ瞬間、建物が揺れた。

ああ、まただ。

そう悟った瞬間私の体は床に崩れ落ちていた。

余震だ。大災害が起きた日から何度も襲ってくる。大きさは震度4程度。震度7の大災害に比べれば大したことないけど、

「あああああああっ！」

頭を抱えて床にうずくまって震える。

かすれた声で「やめて、やめて、やめて！」と叫ぶ。

私の体はすっかり地震に敏感になってしまっていた。

いや、正確には心か。

いわゆる精神的外傷《PTSD》。

珍しくもなんともない。昨日余震が起きたとき、道端で私よりも一回り以上年上の大人が悲鳴を上げ、体を震わせ、涙をこぼしていた。

みんなボロボロだ。

体のところどころに包帯を巻いた人はもはや見慣れた。

心にだって決してほどけない包帯が巻かれてしまったかもしれない。

家。家族。友だち。恋人。

大切なもの。大切な人。自分を支えていた居場所。

大災害はあまりにも多くの人々のそれらを奪い、心に消えない傷をつけた。

私もその一人。

たった一人の友だちを奪った地震が怖くて仕方がない。不安なときはいつも音楽を聴いたりお気に入りの曲を歌って耐えてたけど、今はそれもできない。

音楽を聴くとカイのことを思い出す。

決して聞けない友人の声を思い出す。

もうこの家にカイが帰ってくることはない。

一緒に話したり、曲を作ったり、笑い合ったりすることもない……。

私にできるのは、この部屋の合鍵を握りしめるだけ。

（どうして？）

もし死者と交信するエジソンも驚きのシステムが発明されたら、カイに訊《たず》ねたい。

なんで自分の命を犠牲にして他人なんか助けたの？

『転校生くん、すごいよね』

『自分を犠牲にして誰かを助けるなんてさ。ホントはいい人だったんだ』

『なんだかヒーローみたい！　みんな、彼を見習うべきだよね！』

避難所になった学校の体育館でクラスメイトがそう語っていたけど、吐き気がした。

あいつのことを何も知らないくせにあいつを語るな！

どうせすぐ忘れるくせに！

（そうだ……！）

たとえどれだけカイが命を賭しても、自分を捧《ささ》げても、すぐに忘れ去られる。
日々のニュースの洪水に、顔も名前もはぎとられ、記憶の砂に埋もれていく。
得なことなんて何もない。
なのに、どうしてあんなことをしたの……？
自己犠牲の末に他人を助ける。
そんなこの世界の模範解答《せいかい》みたいなこと――！

「えっ」

冷たいフローリングに横たわっていたら、スマホの通知音。
大災害の影響か、今までずっとネットは死んでた。
ようやく蘇生《そせい》した回線を通って、たまっていたメッセージが届いた。
《大丈夫か、カナタ？》
その中に、カイからのメッセージもあった。
《電話つながらないから送っとく》
《渋谷《しぶや》駅のホームにいたんだけど、なんとか無事。今から地上に避難する》
状況にパニクってるのか、やけに断片的なメッセージの数々。
想像する。
カイはメトロから避難しようとしてるときにこのメッセージを送った。

でも、その後で火災を見つけて、被害に遭った人を助けに行った。
《こんなとき、例のチケットがあったらいいのにな》
「チケット……？」
それって、響界線《きょうかいせん》の伝説？
願いを叶《かな》えてくれる魔法みたいな切符。
《無事だったらまた歌を聴かせてくれよ》
《実は屋上でデヴィッド・ボウイ歌ってたの聴いてから、ずっとカナタのことスカウトしたいって思ってたんだぜ？》
《このボーカルとなら、誰かに響く曲を作れる気がした。それに俺が作ったメロディを〝音楽〟って言ってくれて、うれしかった》
《なあ、カナタ》
《さっき俺の曲が大好きって言ってくれたけど、きっと――》
《俺の〝音楽〟は、カナタと出逢《であ》えたから始まったんだ》
「……ばか」
被災直後に恥ずかしいメッセージ送ってくんな、なんて思っていたら、スマホの画面に涙が一つ零《こぼ》れ落《お》ちた。

ぼっちな私を救ってくれた〝Ａ〟。

屋上で会話《キャッチボール》をしてくれた少年Ａ。

一緒に〝音楽〟を作った相棒。

そんな友人が、私との出逢《であ》いに感謝してくれた。

「また歌を聴かせてくれ」って必要としてくれたの。

なのに——カイとはもう二度と会えない……。

「いや」

違う。

なぁんだ、簡単なことじゃん。

どうして気づけなかったんだろ？

「——〝チケット〟を手に入れればいいんだ」

〝最果ての駅〟。

そこにいる〝女王Ｑ〟。

Ｑは切符をくれる。

ここではないどこかへ至る、片道切符。

それこそが、響界線《きょうかいせん》の伝説。

「あは、あはははっ」
気づいたら誰もいない部屋で私は笑っていた。
ここではないどこかへ至る。
何それ、最高じゃん。
ここは最悪だ。
前以上に生きづらい。
大災害で何もかもがぶち壊された。
物も、人も、街も、心も、絆《きずな》も、何もかもがグッチャグチャ。
だったら、ここじゃないどこかへ行けばいい。
たとえば――大災害が起こらなかった世界。
そんな場所に行ける……いや、戻れるとしたら？
そこにはきっとカイがいる。
また私に響く〝音楽〟をくれるんだ！
「あはははははははっ！」
涙を流し、歓喜に打ち震えながら、思う。
わかってるよ？
こんなことを考えている私は確実にまともじゃない。

大災害で東京《とうきょう》都心は壊れたんだ。
だったら一人くらい心が壊れた人間が生まれるのも仕方ないよね？
「カイが死んじゃって、頭がおかしくなったかな……」
うさん臭い三流宗教《カルト》よりも都市伝説《おかしなもの》を信頼しようとしてるんだもん。
けど——それでも、すがりたいの。
またカイと会える。
あいつになんであんなことをしたのか訊《たず》ねられる。
そして、あいつの願いを叶《かな》えられる。
歌を聴かせてあげられる。
たとえ限りなくゼロに近くても、その可能性があるのなら——。
「待ってて、待っててね、カイ？」
探そう。
この壊れた街で。
私の願いを叶えるための、ここじゃないどこかへ至るための、片道切符《チケット》を。

第4章　青春は亡霊

頼られるのは、嫌いじゃないよ？
ここにいていいよって言われてる気がするから。
夏の夜。
廃墟《はいきょ》みたいな校舎の中は、『文化祭』の準備で大賑《おおにぎ》わい。
特に忙しいのは、わたし。
実行委員を任されて、色んな雑用が山積み。
「うん？　何？　資材が足りない……？　おっけ、朝イチで探してくるね！　あとは？
案内状の手配？　文面は……えっ、わたしが考えるの⁉」
あの〜、わたしを気楽に使いすぎじゃない？
てかもう、いい加減みんな——。
「成仏して！」
嘘《うそ》みたいなホントの話。
都立西原《にしはら》高校2年3組のクラスメイトのみんなは、もうこの世の人じゃない。
お化けの生徒が集まって、わーきゃー楽しく騒いでる。

いや、なんなんだ、このちょーじょー現象は。

「ひょっとして、この」

おかしな切符のしわざかな？

〝青春《あおはる》発　思い出区間〟

……意味不明だよね？

駅名も変だし、区間も変。

これを持ってから、わたしの現実《にちじょう》は色々おかしい。

でもまあ、なんだかんだ、楽しい！

そう、この夢みたいな時間が……！

▶

そんな夢を見て、私は目を覚ました。

途端、お腹《なか》の虫が労働状況を改善せよとシュプレヒコールを上げる。

どうやら空腹で倒れていたっぽい。

「……学校？」

目の前に映るのは、廃墟《はいきょ》みたいにボロボロになった校舎の廊下。

大災害でこんな風になっちゃったんだね。

私が通ってた広山《ひろやま》高校とは違うけど……。

「……私、なんでこんな場所にいるの？」

思い出せない。

それに違和感。

なんだか今日はやけに蒸し暑くて……えっ⁉

「嘘《うそ》？」

スマホをつけたところで、違和感の正体に気づいた。

今日の日付は8月15日。

大災害が起きたのは、6月13日。

あれから約2ヶ月が経《た》っていることになるが、おかしい。

大災害の後、私が響界線《きょうかいせん》のウワサを調べ始めてから、まだ1ヶ月しかたってなかったはずなのに。

（今日が8月15日ってことは……この1ヶ月間の記憶が抜けてる？）

一体、何が起きたの⁉

「あの～、もしも～し？」

不意に話しかけられた。

目を向けると、廊下の姿見の前に立っていたのは、同い年くらいの制服姿の少女。

死ぬほど驚いた。

私が何も言えずに黙っていると、

「どうしよう。怪我《けが》はないみたいだけど……あっ、もしかしてお腹空《なかす》いている⁉　行き倒れとか⁉　誰か食べ物とってきて！　あったじゃん、ほら、期限のあやしい……」

あ、ごめん！　と。

何もない空間に話しかけていた彼女が謝ってきた。

「ぶつぶつ言ってさ。『誰と話してんだ？』って思ったよね。実はわたし――」

「もしかして……幽霊と話してた？」

「えっ、みんなのことが見えてる⁉　あなたも霊感あるの⁉」

違う。

私には彼女の周囲にいる『みんな』が見えているわけじゃない。

「――まあね。見えないけど、気配は感じるよ」

けれど、私はうなずいていた。

鼓動が高鳴る。

やっと見つけたかもしれない。

（……誰、この声？）

壊れた東京《まち》をさまよって、ようやくつかんだ！

最果ての駅、そして〝チケット〟の手がかりを！

「そうなんだ！　ここにいるのは、わたしのクラスメイトたち。みんな、あの大災害で死んじゃったんだ。つまりここ、地縛霊の巣窟なの」

真剣な顔で語る少女は、「わたし、イッカ！」と名乗った。

「あなたは？」

「カナタ」

「わっ、可愛《かわい》い名前！　よろしくね！」

差し出された小さな手に、緊張しつつも握手。

「カナタさんが生きてる人でよかったよ〜。これ以上、お化けが増えたら大変だもん」

「大変って、どういう意味？」

不意に思い出したのは屋上でカイと観《み》た映画。

心霊現象を撮影しようと廃病院に入った迷惑系ユーチューバーたちが、次々と亡霊に襲われていくB級ホラームービー。

まさか幽霊に憑《と》りつかれたり、襲われたりするんじゃないよね？

「そりゃあお化けなんだからちゃんと成仏させてあげたいでしょ？　ただ、お化けが多いほど成仏させるのはきっと大変じゃん？」

「ほっとけばいいのに」

「ちょ、それはさすがドライすぎ！　みんなわたしの友だちなんだから！」

「あっ、ごめん」

カイと話してるときみたいに、つい建前ゼロの本音を伝えてしまった。

もし嫌われちゃったらマズい。

この子はやっと見つけた手がかりだ。

（絶対に逃がさない）

なんとか取り入って情報を聞き出さないと……！

「まあ、でも。カナタさんがそう言うのも無理ないか～」

けれど。

拍子抜けするくらいに明るい顔で、イツカは笑った。

「お化けとか怖いもんね。ほっとけばいい、むしろ逃げた方がいいって考えるのはトーゼン。わたしもお化けになったのがクラスメイトじゃなかったら逃げちゃってたかも！」

だからカナタさんは何も悪くないよ!?　とはげまされた。

学校では陰キャぼっちだった私からしたらまぶしすぎる陽キャスマイル。

（この子、苦手だな）

いかにも真面目《まじめ》で明るい優等生。

乗車マナーを守りそうなタイプ。

私やカイとは真逆。

だからきっと――友だちにはなれない。

直感的にそう感じた。

(でも、いいんだ)

私の友だちはカイだけ。

また独りになったとしても、構わない。

「で、カナタさんはここに何しに来たの？　うちの生徒じゃないよね？」

それでも今は会話をしたい。

少しでも情報を手に入れるために。

「ちょっと調べてることがあってさ。メトロの沿線を回ってるんだ」

渋谷《しぶや》。明治神宮前《めいじじんぐうまえ》。北参道《きたさんどう》。新宿三丁目《しんじゅく》。東新宿《ひがししんじゅく》。

そして、記憶では西早稲田《にしわせだ》まで来たはずなんだけど……。

「そうなんだ！　よければ協力するよ！　力になれるかはわからないけどさ！」

「ありがとう」

「何について調べてるの？」

「えっと……こんなこと言ったら驚くかもしれないけど……」

「だいじょーぶ。クラスメイトがお化けになった以上のサプライズはないもん。えへへ」

「そこ笑うとこ?」

「こんなちょーじょー現象もはや笑うしかないっしょ！　それよりほら！　話してよ?」

「実は、都市伝説について調べててさ」

「すごい！　どんな?」

にこやかな笑顔で訊《たず》ねてくるイッカに私は話した。

響界線《きょうかいせん》の伝説。Q。そして〝チケット〟。

ここじゃないどこかへ至れる片道切符。

「切符ぅ!?」

イッカがひどく驚いた。

「……あはは、急に叫んでごめん」

「もしかして、何か心当たりある?」

「いやぁ～、その、えっとね」

たっぷり7秒間、イッカは考えこんでから、

「う～、いいや、言っちゃおう！　それって、さ」

こういう感じのヤツ?　と一枚の切符を取り出した。

〝青春発《あおはる》　思い出区間〟という文字が記された、チケット。

何かと頼られる子って、いるでしょ?
わたし——それ。
たとえば、放課後。誰かがわたしに言う。
「ごめん!　今日お願い!」
わたしの答えはもちろんこう。
「いーよ。掃除当番、代わってあげる」
たとえば、クラス委員決め。
誰も立候補しなかったら、まあ、わたしがやるよね。
要するにいい子なの、わたし。
えらい子じゃなくて、『都合の』いい子。
すごくイヤってわけじゃないけど、便利に使われてるな〜、とは思ってた。
でも——ある日。そんな小さな不満ごとわたしの世界は粉々になった。
その日は学校が創立記念日でお休み。
朝から文化祭のための買い出しだった。

「こら、男子、文句言わない！　全員で行けば一回で済むよ！　これも結束を深めるイベント！」

3。

「あ、そういや文化祭で踊るダンスさ、二曲目はこの曲でどう？　今ネットでめっちゃバズってる！　〝A〟って人の新曲！　この曲聴いてると嫌なこととか忘れられるんだ！」

2。

「ふふっ。わたしに実行委員を押し付けた以上、選曲は任せてもらいま――」

1。

「きゃっ⁉」

大災害《ゼロ》。

思い出したくもない揺れと、ひどい事故。

焦げくさい、血のにおい。

「――――」

それから長い時間が経《た》って――気が付くと、わたしだけが知らない駅に立っていた。

暗くて、静かで、誰もいない。

世界の果てみたいなその駅のホームで――わたしはあの子と出会った。

綺麗《きれい》で、冷たい、人形みたいな女の子。

彼女はわたしを見下ろして、訊《たず》ねた。

「あなたは、どこに行きたいの？」

▶

蝉《せみ》の声で目が覚めた。

「あっ、おはよ、カナタさん」

「……おはよ」

廃墟《はいきょ》となった学校。

その教室の一つ。寝袋に包《くる》まっていた私はイッカにあいさつ。

「泊めてくれてありがとね」

「いえいえ！　わたしだって勝手に泊ってる身分だしさ」

寝袋を出た私にはにかむイッカ。

少しでもイッカと距離を縮めて情報を引き出すために、私はこの校舎に寝泊まりすることにした。

（ただ、おかしいな）

全然寝た気がしない。体がやけに疲れてる。

それにさっきの夢。

(まただ)

また私は、夢の中でイツカになっていた。

「まだ7時前か。朝早いんだね」

「全然! 徹夜で準備してたから!」

「寝てないの?」

「だいじょーぶ! 文化祭ハイってヤツかな? いくらでもがんばれそう!」

「夜の作業とか大変じゃない?」

「あー、たしかに。電気は回復してて冷房もきくけど、電灯が割れてる教室が多くてさ。暗いのはものすごく怖い。でも平気!」

「なんで?」

「もちろんみんながいるからだよ!」

「それって余計に怖くない?」

「暗いのよりもお化けの方が全然いいよ~! みんなは友だちだしさ!」

朝から目の覚めるようなさわやかスマイル全開なイツカ。

ひとまずこの子には話さないでおこう。

奇妙な夢のこと。

昨日なぜ私がこの学校で目を覚ましたのかわからないこと。

さらには、一番大きな疑問――この1ヶ月間の記憶の欠落《くうはく》。

「ねえ、イッカ。もう一回〝チケット〟を見せてもらっていい？」

「いいよ～」

ほい、と切符を見せてくるイッカ。

これがもしQがくれた〝チケット〟なら、イッカの願いを叶《かな》えたってことなのかな？

「わたしさ。大災害の日、メトロで事故に遭ったんだ」

「っ」

それは、まるで私がさっき見た夢みたいだった。

「その後で知らない駅にいて、そこにいた女の子に聞かれたの。『あなたは、どこに行きたいの？』」

だとしたら夢に出てきたあの子が、Qなの？

でも、どうして私はイッカの記憶を見たんだろ？

それに――一体イッカはどうやって、最果ての駅までたどり着けたの？

「気付いたときには、わたしは学校に戻ってた。このおかしな切符を持ってね。これってカナタさんが話してくれた都市伝説だよね？」

「そうだと思う」

響界線《きようかいせん》の伝説については、昨日イッカに説明しておいた。

「昔、メトロで行方不明になった子がいて、今もメトロのどこかにいる……だったよね？　じゃあ、わたしが会ったあの子がそうなのかな？」

「神隠しに遭った女の子がQになった……ってこと？」

「名推理でしょ、ホームズくん!?」

「それを言うなら『ワトソンくん』じゃない？　ところで、イッカはどこに行きたいって答えたの？」

Qからの質問——あなたは、どこに行きたいの？

「……あはは、忘れちゃった、かな」

イッカは困った様子で明るい色の髪をかき上げた。

「でも、みんながお化けになったことと、わたしが戻ってきたことは無関係じゃない」

「チケットの力ってことか」

「うん！　だからみんなの未練が……やり残したことがこの文化祭なら！　叶《かな》えてあげたいって思うんだ！　わたしにはそれくらいしかできないから！」

文化祭。

それがイッカの目標らしい。

大災害の影響で学校が休校になり、予定してた文化祭ができなくなってしまった。

だから彼女はたった一人で文化祭の準備をしている。

その証拠に、廃墟《はいきょ》となった校舎内はいたるところがお祭りっぽく飾りつけられていた。

きっと各クラスが大災害前に用意してた材料を使ってるんだろうけど……。

(すごいな)

たった一人で学校一つを飾り付けるなんて。

すごく労力と時間がかかったと思う。

イツカはみんなが手伝ってくれるって言ったけど、本当かはわからない。

私にはみんなとやらが見えないし、幽霊が実体のあるものに触れられるのかも謎だ。

「ねえ、イツカ。よければ、私も文化祭の準備を手伝おっか？」

「えっ⁉」

「昨日は『ほっとけばいい』なんて言ったけどさ。一晩経《た》ったらイツカの友だちのこと、ちゃんと成仏させてあげたいって思ったんだ」

「ホントに⁉　ありがと〜！　カナタさんっていい人だね！」

「そんなことないよ」

ぶっちゃけイツカの友人たちなんてどうでもいいしね。

すべては響界線の謎を解明するため。

話を聞く限り、イツカは最果ての駅にたどり着き、Ｑに出会い、チケットを手に入れた。

だとしたら、この子のそばにいればその方法がわかるかもしれない。

（……最低だな、私）

わかってるよ。

今の私の行動は自分のことしか考えてないひどく打算的なもの。

イツカに嘘《うそ》を言って騙《だま》してる。

（でも、手段は選んでられない）

戻るんだ。

大災害が起きなかった世界。カイが生きていた日常へ。

そして――カイの願いを叶《かな》えるんだ！

「それじゃよろしく！　カナタさん！」

「うん。早速作業を……いや、その前に朝ごはんか」

大きなリュックの中から、携帯食料《チョコバー》を取り出す。

「あんたも食べる？」

「わっ、ありがと！　でもだいじょーぶ。なんかお腹空《なかす》いてないから」

徹夜で作業してたのに？　と思いつつも、私は「わかった」と携帯食料をかじって、ペットボトルに入った水をごくり。

「カナタさんってキャンパーみたいだね」

「一応家はまだあるけどね」

お母さんが帰ってこない我が家を拠点にしながら、私は響界線《きょうかいせん》について調べていた。

大災害から時間が経《た》ったおかげで、インフラは大分回復した。

コンビニやスーパーも営業してて、食料や水も手に入る。

大災害が起きたばかりのころは物々交換をする人もたくさんいたくらい大変だった。

ガソリンと食料を交換する光景を何度も見かけたし、私も近所の人たちと食料品のやり取りをしたっけ。

お金はお母さんの預金を使わせてもらうことにした。

今使ってる寝袋なんかのキャンプ道具は、お母さんの私物。

持ち主のいなくなったキャンプ道具は、被災した首都で生き抜く防災グッズになってくれたわけだ。

ありがとう、お母さん。

「キャンプっていいよね。地震の前にクラスのみんなと河原でバーベキューキャンプしたんだ。あれは楽しかったな～」

さらっとものすごい陽キャエピソードがお披露目《ひろめ》された。

「川で泳いだり、お肉焼いたり、夜は花火したり……」

ぼっちな私からしたらまぶしすぎて心が灰になりそうな青春メモリー。

ホント私とは真逆だなこの子……。

思い出すのは夢の中で文化祭の準備を取り仕切ってたイツカ。

イツカのことだから、キャンプのときも予定も全部立てて、当日の準備の手配もがんばったんだろうな。

「あっ、そうだ！」

名案を思い付いたように手を叩《たた》いてから、イツカは笑顔で、

「ねえ、カナタさん？　お昼になったら準備を手伝ってくれるお礼がしたいんだけど」

「お礼？」

「うん！　きっとカナタさんも気に入るよ！」

笑顔を浮かべるイツカだけど、私は心の中で冷笑していた。

陽キャさんからのお礼を、私が気に入るわけないでしょ？

▶

「気持ちいい……」

学校の屋上。

照りつける真夏《しやくねつ》の太陽の下で、水着の上に黒いシャツを着た私は言った。

「でしょ⁉」

学校指定の水着を着たイッカが隣で微笑《ほほえ》んだ。

まるで私たち二人だけの夏休み。

私たちが使っているのは、水で満たされた丸いビニールプール。

イッカいわく、文化祭で金魚すくいをやる予定だったクラスが準備したものらしい。

魚でいっぱいになるはずだったプールは、午前中の労働で疲れた私たちの心を救ってくれた。ごめんね、今朝の私。この気持ちよさには勝てなかったよ……。

「よかったよね、水道が復活してくれてて」

「うん」

この暑い中、トンカチ片手に看板を作ったり、ペーパーフラワーを量産して廊下を飾るのはかなり疲れたしね。

「効率を重視しよう！」って言われて、イッカとは離れて別々の作業をしてたけど……変な気分。

壊れた街で、お祭りの準備をしてるなんて。

「そういえば看板作ってて思ったけど、イッカのクラスの出し物って……」

「お化け屋敷！」

「スリル爆盛じゃん」

地縛霊で満員御礼なリアル心霊スポットなわけだしね。

でも、おかしいな。なんでお化け屋敷を選んだんだろう？

イッカって暗い場所が苦手なのに。

友だちがいるから平気だと思ったのかな？

それか……お化け屋敷を選んだときは、暗い場所が苦手じゃなかった？

「あとはクラスの女子何人かとダンスもやるよ！」

「へえ。踊れるんだ」

「こう見えて大得意！　ヒ……いや、ポッピンとか大好き！　仲のいい友だちとダンスサークル作っててさ、テレビのダンスコンテストにエントリーしようかなんて話も出てたんだよ!?」

「すごいね。文化祭では何を踊る予定だったの？」

「『スリラー』！」

「やっぱスリル爆盛じゃん。てか、ずいぶん古いの踊るんだね」

マイケル・ジャクソンもまさか幽霊たちがあのダンスを踊るとは思ってなかっただろう。

「『スリラー』だけじゃなくて、もう一曲踊る予定で……そうだ！　カナタさんも踊らない!?　文化祭のステージで！」

「死んでも嫌。ダンスは苦手だし、ステージに立つとか陽キャさんの特権でしょ？」

「そんなことないよ～。それにカナタさんって、踊りは苦手でも歌は得意なんじゃない？」

「えっ……」

「あっ、その顔ビンゴだな⁉　やっぱりね～。声を聞いた瞬間、そうじゃないかって思ったんだ～」

「どういう意味？」

「今はヒミツ！」

ね、みんな？　と何もない空間に話しかけるイッカ。

相変わらず私には地縛霊たちの声は聞こえない。

「あっ、いいねそれ！　名案かも！」

「何が？」

「みんなが言ってるの！　この近くに避難所があるんだけど、そこにいる人たちもこのプールに招待したいなって」

「全員は無理でしょ？」

「だったらバーベキュー！　みんなで食材持ちよってさ！」

「イツカって発想がアクティブだね。私は知らない人がたくさんとか絶対無理。陽キャとプールに入るとも思ってなかったし」

「えっ、陽キャってわたしのこと？　全然そんなことないと思うけど？」

「光属性の真性パリピ族ほどそういうセリフを吐くんだよ」

「ホントだってば～！」

「ちょ、水かけるなっ」

「いいじゃん！　水も滴るいい女！　今のわたしたち、そのまま水着グラビアモデルになれるくらい輝いてるよ⁉」

「私の水着は借りものだけどね」

プールの更衣室に干したままになってた競泳水着を拝借した。

イツカが着てるのは自宅から取ってきた物だとか。

（そういえば、この子の両親って何してるんだろ？）

娘がたった一人で文化祭の準備をしてることをどう思ってるんだろう？

地縛霊《クラスメイト》を成仏させるためにがんばってるなんて知ったら、頭がおかしくなったと思われそう。

（もしくは……両親の方は成仏してるのかも）

大災害の犠牲者は5万人以上。亡くなってても不思議じゃないよね。

「なんだかこうしてると、ゾンビ映画を思い出すな～」

「どういう理屈？　暑さで脳みそバグった？」

「あはは。前に友だちと観《み》た映画にさ、ゾンビが街にあふれかえっちゃってみんなでショ

ッピングモールに立てこもる話があったんだ！」

「あ、その映画、知ってるかも」

　ギガ貴族様が屋上でスマホ上映してくれたっけ。

「外はゾンビでいっぱい。でも、ショッピングモールの中には水も食料もあった。おまけに自分たちだけの貸し切り状態」

「だからけっこー遊んでたよね～！　ブランド店で好きなだけ高い服を着たり、サイクルショップの自転車でショッピングモールの中を走り回ったり、こうしてちっちゃなプールに水を入れて涼んだり……！」

「そのシーンはほんわかしてたっけ」

「うんうん！　ゾンビ映画なのになんかおっかしい」

「いや、おかしくないでしょ？」

　イツカは「えっ、なんで？」と不思議そうにしていた。

　あまりにも素直なリアクションに、つい口が動く。

「映画って緩急が大事じゃん？　ホラー映画だって怖いシーンばかりじゃ成り立たない」

「おおっ」

「だからわざと楽しいシーンを入れたんだよ。その後でホラーな展開にすれば、ギャップがあって余計に怖い」

「なるほど！　たしかにあのシーンの後にゾンビがたくさんモールの中に入ってきて、キャラが死んじゃったときは悲しかったな……」

「なんで悲しかったの？」

「えっ!?　だって、あんなに楽しそうにしてたのに死んじゃうなんてかわいそうで……あっ、そっか！」

「そういうこと。キャラクターたちが楽しそうにしてるシーンを見せてから殺した方が、観客の感情を揺さぶれる」

「すごっ！　カナタさん賢いね！」

「別に？　映画って全部理屈で作られてると思うから、そう考えただけ」

「理屈かぁ。わたしはパッションで作られた映画もあると思うけどなぁ」

いや、それは……と反論しようとして、やめた。

議論好きな悪癖《せいかく》を見せるのはよくない。

ミハルたちみたいに嫌われたら困る。

「どうかした？」

「なんにも。全部イッカの言う通りだと思って」

フツウぶってたころみたいにインスタントな共感《えがお》を返す。

私はイッカと距離を縮める必要がある。

〝チケット〟の手がかりを探すために。
ただ……。
（……ますます最低だ、私）
困ったことに大災害に色んな価値観を壊されても、罪悪感はなくなってくれなかった。
クラスメイトたちを成仏させるためにがんばってる女の子。
私とは真逆のいい子。
そんな子を利用するために、嘘《うそ》をついて、友だちぶるなんて……。
「⁉」
プールの水面が揺れる。
地震だ。しかもかなり大きい。
（マズい……！）
最近余震の頻度が以前よりは減ってきてたせいか、油断してた。
ＰＴＳＤ。
ゾンビみたいに、頭の中でトラウマが蘇《よみがえ》る。
「カナタさん⁉」
がたがた震えながら頭を抱える私を見て、イッカが心配そうに声をかけてきたけど、
「やめて！　話しかけてこないで！」

私は反射的に拒絶してしまった。

距離を縮めなくちゃいけないのはわかってるけど、自分のこんな格好悪い姿なんて他人に見せたくなかったんだ。

フラッシュバックは止まらない。

あの日の惨劇《きおく》が鮮明に脳内で再上映される。

悲鳴に包まれた車内。

帰ってこないお母さん。

カイが炎に包まれて死んだという話を聞いたときの絶望――。

「――大丈夫だよ？」

不意に、冷たいプールの中で、温かな感触が私を包んだ。

イツカが私の体を両腕で抱きしめていた。

ただただ、優しく。

「……イツカ？」

つい名前を呼ぶ。

イツカは震える私の体を抱きしめながら、

「ねえ、カナタさん？　さっきの話の続きしよ？」

「えっ……」

「わたしがパッションで作られた映画もあるって言ったとき、何か言いかけたでしょ？　あのとき言わなかった言葉を教えてほしいな」

「どうしてそんな……」

「いいからいいから」

　議論はしない。

　さっきはそう考えたけど、今は不安《トラウマ》で頭がいっぱいだったせいか。

　私はつい口を開いていた。

「パッションよりも必要なのは理屈でしょ」

「そう？　気持ちを作ってモチベーションを上げるのは大事じゃない？」

「プロなんだからモチベーションはそもそも高くて当然」

「手厳しいご意見!?　でも、あるんじゃない？　『この企画好きだから情熱をこめて作るぜ！』的なアツいクリエイター魂！」

「それっていつもはそこまで情熱こめてないって自白してない？」

「はっ!?　言われてみれば……」

「むしろ自分の好きな作品でしかアツくなれないヤツとか、プロとして冷めてる気がする」

「でもさ！　それでもパッションは大事だよ！　リーダーのモチベーションが高ければチ

ームのやる気も上がるしさ！」

「まあ、たしかにそういうモチベータータイプの人もいるかもしれないけど」

まさにイッカみたいな。

リーダー気質な文化祭実行委員。あの夢の内容が本当なら、モチベーターとしてもムードメーカーとしても優秀っぽいしさ。

「落ちついた？」

「あっ――」

『っぽい』どころじゃない。

この子優秀だ。

会話してるうちにいつの間にか地震も、私の気分も、静まってた。

議論に集中してたせいかトラウマゾンビたちも脳内墓場にご帰宅。

「……ありがとう」

ついお礼がこぼれた。

あんなにはっきりと拒絶したのに、イッカは抱きしめてくれた。〝チケット〟を手に入れるために距離を縮めたいって打算にまみれた私とは真逆の、優しさで。

「格好悪いとこ見せて、ごめん」

「全然格好悪くなんてなかったよ～！　わたしなんてもっとヤバいとこ他人に見られたこ

とあるし！」

「たとえば？」

「えっと、実は……さっきはポッピンが好きだって言ったけど、実はヒップホップ系のダンスも好きで」

「あー、いわゆるガールズヒップホップってヤツ？　イツカに似合いそう」

「ううん。もっとゴッリゴリのヤツ。トラップとか、Gファンクとか」

「……待って？　トラ……いや、G……何だって？」

「やっぱさぁ、本場のパンチラインって強烈だよねぇ、聴いてるだけで何もかもぶっ壊せそうなくらいバイブスぶちアガるっていうかさぁ」

「……大丈夫？　あんた、実はストレスとかけっこー溜《た》めこんでるんじゃない？」

「と、とにかく！　前に友だちに他の高校の男子との合コンの数合わせにカラオケ呼ばれたんだけど、『好きなのなんでも歌って？』って言われたから、盛り上げようと思って本気のラップとダンス披露したら、男の子全員にドン引きされて……あっ、笑うなぁ⁉」

「ご、ごめん、その場面を想像したらつい……！」

「まあ、わたしがヒップホップ好きなのはおかしいだろうけどさ……」

「あ、待って⁉　別にあんたの好みを笑ったわけじゃないよ。私だって色んなジャンル聴くし、ヒップホップも興味あるもん」

「ホント!?　だったらわたしの推し曲教えていい!?　サブスクですぐ聴けるから！」

「もちろん」

即答すると、イツカは「やったー！」と再び抱きついてきた。

誰かと触れ合うなんてカイ以外とは嫌だって思ってたのに、イツカとこうするのは……

なぜか、悪くない気分。

「そうだ。何か困ってることとかない？」

「？　急にどったの？」

「さっきは助けてもらったしさ。その借りを返したいの。だから、何かない？」

「う〜ん、そうだなぁ」

プールの水をちゃぷちゃぷしながら、イツカは少し考えこんだ後で、

「あ、文化祭に人を呼ぶ方法とかないかな？」

「幽霊を成仏させるために？」

「そうそう！　がんばって準備したのに誰も来なかったら成仏できなくない？　いい方法ないかな？」

「そうだね……少し考えてみる」

「ありがと〜！　頼りにしてるね！」

裏表のないまっすぐな感謝。

不思議な子。

いつの間にか、打算とか忘れて、イツカに協力したいって少し思っちゃった。

「……ホント、カナタさんがいなかったら終わってた。もう時間が少ないかもしれないしさ」

「えっ、どういう意味？」

さすがに「終わってた」ってのは大げさすぎじゃない？

それに時間が少ないって……。

「あっ……え、えっと、もうすぐお祭りシーズンが終わっちゃうでしょ!?　せっかくの文化祭だし盛り上がる時期にやりたいの！」

何かをごまかすような早口。

お祭りシーズン、か。

「あっ」

そういえば、さっきイツカが言ってたっけ。近くの避難所にいる人たちをこのプールに招待したいって。さすがに全員プールに入れるのは無理だろうけど……。

「お祭りに呼べるかも」

そうと決まったら行動を起こそう。

時間が少ない。

もしイツカの言葉が私の考えている通りの意味だとしたら、急がなきゃ。

▶

「あら！　こんにちは！」

翌日。西早稲田《にしわせだ》の一角にある新築マンション。

そこは帰る場所を失《な》くした人々の仮の住居《いえ》となっていた。

国や自治体が掛け合って、空いているマンションやアパートを被災者の居場所として解放したらしい。

こういうときは学校の体育館なんかに避難所が作られるイメージだけど、あそこはプライバシーが皆無で、長期間過ごすのには向いてない。

仮設住宅の建設は始まってるけど完成にはまだまだ時間がかかる。

というわけで人々はまだ入居者が入っていなかった出来立てほやほやのマンションに避難したっぽいんだけど、

「会えてうれしいわ」

マンションの前に来たところで、知らない女の人が話しかけてきた。

もちろん私の目的はこの避難所の人たちをイツカの文化祭に招待すること。

――知らない人としゃべるとか緊張する。

そんな風に硬くなってたんだけど、

「おねーちゃん久しぶり！」

「またお茶でも飲んでくかい？」

「まだお祭りの準備続けてるの？」

「一人で偉いねぇ」

「俺たちも今度手伝いに行くからな!?」

あっという間にマンションの前にいたご家族に囲まれる私。

えっ、なにこれ？

いきなり私の人望が確変《フィーバー》してるんですけど？

「どうしたの、おねーちゃん？」

5歳くらいの女の子が不思議そうに見つめてきた。

「なんだかいつもと違うよ？」

「いつも？」

「うん！　前に来たときはもっと元気だったじゃん！」

「ちょっと待って」

私がここに来た？

（もしかして、記憶の空白期間に？）
イツカと出会う前、私は気づいたらあの高校にいた。
そして1ヶ月間の記憶がなかった。
忘れてるだけで、私はこの避難所《マンション》を訪れてたの？
（でも、変だ）
みんなの表情が明るすぎる。
まるで地域密着型アイドルが凱旋《がいせん》したような盛り上がり。
記憶がなくてもわかる。
ぼっちでコミュ障な私が大勢の人間とここまで上手に人間関係を築けるわけがない。
むしろ、そういうことが得意なのは私じゃなくて――。
「また一緒に遊ぼうよ⁉」
いいでしょ、×××ちゃん！　と。
一人の女の子が名前を呼んだ瞬間、私は答えを手に入れた。
そして、確信した。
イツカの正体を。

トキオ
はーい、注目！　みんなに歌ってもらう曲、できたよ！　Qloverの一曲目！　ＭＡＤＥ　ＩＮ　トキオなミュージック！　インストだけど、ガイドメロは入れてあるから

セツナ
いい

リンネ
悪くない

イツカ
いやクールか！　二人とも感想が冷静すぎない？

リンネ
十分感動してる。イツカは？

イツカ
めっちゃかっこいい！　さすがプロデューサー！

トキオ
おお、もっとほめてくれてもいいよ？

イツカ
ただの未成年勧誘アラサー野郎じゃなかったんですね！

トキオ
はっはっは、そのほめ方はおじさんハートがブレイクしちゃうなぁ。これでも若いころはクール系イケメンだったんだよ？

＋　Qlover Talk vol.2

リンネ
想像つかない……。昔の写真とかないの？

イツカ
それはそうと、この曲すごすぎて……歌えるか自信なくなってきました

セツナ
たしかに。難しそう

リンネ
二人とも自信持って！　ボイトレの効果も出て、確実にうまくなってる！　セツナはもともと肺活量あるし、イツカはダンスやってたせいかリズム感がよくて音程も正確だし、ビブラートもうまいしさ

イツカ
えへへ、ありがと～。リンネちゃんはほめるのも上手だね～。その気になってきちゃったかも……！

じゃあ、気合入れて自主練しとくね！
ゆーて、ヒトカラだから限界あるけど　……

トキオ
なら、僕が練習に付き合おうか？
スタジオ借りてあげるよー

セツナ
へえ。プロデューサーだけあって、頼りになるじゃん。普段はふざけてるけど、Qloverのことちゃんと考えてくれて――

リンネ
パパはしゃしゃってこなくていいから

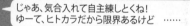

イツカ

そんな秒でバチギレる人おる?

セツナ

姫はどうして急にご機嫌ななめなの?

イツカ

リンネちゃんはね～
パパを独占したいだけなんだよ～

リンネ

ち、違うから!　私は別にパパのことなんか……!

イツカ

あはは、やっぱりプロデューサーとリンネちゃんって
親子なんだねー

セツナ

なんだかかんだ仲良いし。ただ――

トキオ

あ、イツカちゃん、練習はいつがいい?
今日もう予約取っちゃう?

リンネ

パパー!

セツナ

仲が良いほどケンカも多い。ＭＴＧの治安がアフリ
カの内戦地帯ばりにバチバチに

イツカ

予約より娘さんのご機嫌取ってください
プロデューサー!

第5章　問題・誰かの役に立つことが、願いであってはいけないか？

またた。
また夢を見ている。
そう思った瞬間、私の口から漏れたのはイツカの声だった。
「みんな、大丈夫!?」
私――イツカが見つめる先には、スマホのライトに照らされた制服姿の生徒たち。
みんなボロボロだ。
怪我《けが》をしてたり、泣いてたり、途方に暮れてたり……。
それも当然。
買い出しに出たクラスメイト一同は、メトロに乗車中に被災した。
メトロは停止。トンネルは崩落。イツカたちが乗っていた最後尾の車両以外はすべて瓦《が》
礫《れき》に潰され埋まった。
イツカたちはなんとか生き延びたけど……。
「タカヨシくんは!?　サトルくんも、レイナちゃんも、他にもたくさん……！」
イツカの悲痛な声が響いた。

(ああ、そっか)
全員は生き残れなかったんだ。
なんとか線路にはい出したのは、イツカを含めて十五名。
別の車両に乗っていたクラスの半数は事故で命を落とした。
「…………っ!」
その事実を理解したんだろう。
イツカは血が出そうなくらいに唇を噛《か》みしめてから、
「みんなは休んでて!? この先の線路が安全か見てくる!」
スマホのライトを頼りに暗い線路を走り出した。
何も問題なければ、トンネルを抜けて地上に――。
(いや)
何を言ってるんだ。
そんな優しい未来はありえない。
だってクラスメイト全員が地縛霊になったんだから。
「そんな……!」
地下鉄《トンネル》は瓦礫《がれき》と土砂で埋まっていた。
イツカの目の前にあるのは大災害が生み出した巨大な壁。

とてもじゃないけど素手じゃどうにもできない。
おまけに地震の影響でスマホも通じない。
「ここで救助を待とう」
クラスメイトたちの元に戻ってから、イッツカは状況を説明。
出口を塞がれ逃げ場のなくなったトンネル内で、食料も水もほとんどない。
重傷を負って立ち上がることすらできない生徒も数人いた。
「大丈夫！　きっと救助隊が来てくれる！　絶対みんな助かるよ！」
それでもイッツカは必死だった。
スマホのライトが照らす暗闇の中、全力でみんなを助けようとした。
飢えた男子に自分が持っていたお菓子を分け与え、
怪我《けが》をした女の子の冷たい手を握って安心させ、
自分だって怖くて仕方がないのに精一杯明るい話をした。
——大丈夫。きっとみんなの家族は無事だよ。
——すごい事故だったけど、地上は平和なはず。
——外に出たらさ、みんなでマックでも行こ？
——文化祭に向けて気合を入れよう！
——あ、打ち上げのカラオケも予約しとかなきゃ！　合コンで他の学校の男子どもを慄《おのの》かせたイッカラップ披露してあげる！

――せっかくだから今からみんなで声出ししとく!?

歌った。

生き残った全員で。

命と気力をつなぐために、文化祭で踊ろうと思ってた『Tik[Q]et』って名前の曲を。

そうして1日目が終わった。

「――――」

2日目。

重傷を負ってた生徒、レイくん、ソウくん、シズカちゃんが息をしなくなった。

3日目。

全員のスマホバッテリーが切れた。暗くて何も見えない。ただひたすらに水が飲みたい。

もう涙すら出ないほどに乾いてる。

4日目。

マサヤくんがおかしくなった。「飢え死にするよりはいっそ今死んだ方がマシだ！」と
叫んで持っていたボールペンで自分の喉を突き刺した。

5日目。

闇の中。昨日まで響いてた声がしない。ダイチくん、ヨウくん、スズちゃん、ヒバリち

やん……他にもたくさん。
６日目。
そして、わたし《イッカ》だけが残された。
残されてしまった。
「助けて……」
全身に力が入らない。
喉が渇いた。
「嫌……暗いのは、もう嫌ぁ……」
うわごとのようにつぶやく。
返事はない。
生きているのは、わたし一人。
「死にたくない、死にたくないよぉ……」
重い体を動かして、線路を這《は》って、トンネルを塞ぐ土砂《かべ》を爪でひっかいた。
爪が剥《は》がれた。
痛い。
暗くて見えないけど、赤い血が出てるだろう。
ああ、なんだ……痛いってことは、わたし、まだ生きてるのか。

でも、きっと、もうすぐ……。

「……お願い」

少しでもさびしさを紛らわせたくて、『Tik[Q]et』を口ずさむ。

一人は。

一人ぼっちで死ぬのは嫌だ。

タカヨシくん、サトルくん、マサヤくん、レイくん、アオイくん、ミナトくん、ユウマくん、ダイチくん、ヨウくん、ナギくん、リツくん、ハルタカくん、カオルくん、レイナちゃん、ミシロちゃん、シズカちゃん、ユウナちゃん、ヒバリちゃん、ヒナちゃん、ミオちゃん、キョウちゃん、ユアちゃん、スズちゃん、タカコちゃん、ソラちゃん、リオンちゃん……。

みんな。

みんな、みんな、みんな。

お願い、戻ってきて、わたしを、わたしだけを……。

「わたしだけを置いていかないで！」

だって、わたしはまだ叶《かな》えてない。

そう、わたしの願いは——。

「お疲れ～！　遂《つい》に完成したね！」

飾り立てられた教室に響くのはイッカの声。

私とイッカが作業を始めてから約２週間。

「明日は思いっきり騒ごう！　お客さんも来てくれることになったしさ！」

教室の窓から見えるグラウンド。

そこには避難所となったマンションから来た人たちがたくさん。

いくつもの出店を組み立てている。

「全部カナタさんのおかげだよ～！」

「大したことはしてないよ」

避難所に行って勇気を振り絞って「文化祭に来てくれませんか？」と訊《たず》ねてみたところ、逆に提案されたんだ。

いつもならこの時期は近所の大きな公園で夏祭りをしてた。

けど公園は仮設住宅の建設が始まっていて使えない。

だったら、西原《にしはら》高校のグラウンドでお祭りをしたらどうか……と。

「たくさん来てくれたらいいね！　カナタさんみたいに霊感がある人は、みんなの姿が見えるかも！　そうしたらみんなと一緒に楽しんでくれる！」

「そうだね」

笑顔でうなずきつつも、私は今朝見た夢を思い出していた。

地下鉄。閉ざされたトンネル。一人ぼっちで取り残されたイツカ。

最後に叫んだ言葉。

――わたしだけを置いていかないで！

ああ、そっか。

私とイツカは――。

「カナタさん、ぐっじょぶ！」

あらためて私をほめてくるイツカ。

天使みたいに天真爛漫《てんしんらんまん》な笑顔を見てたら、つい唇が動いた。

「『さん』じゃなくていいよ？」

「えっ、なんで？」

「……別に？　理由とかいいでしょ？」

「もしかして……友だちだから？」

「……………」

「ビンゴぉ!?　わあ、大好き！　てか可愛《かわい》い！　照れてるカナタさん可愛すぎぃ～！」

「うるさいっ。それと『さん』はやめろ」

「えへへ。じゃあ、えっと……ありがとう、カナタちゃん」

うれしそうにはにかむイッカを見てたら、こっちまでうれしくなった。

変なの。

最初は友だちになんて絶対なれないと思ってたのに。

（でもさ）

イッカも私と一緒。私がかけがえのない友人《カイ》をなくしたように、イッカも友人達《クラスメイト》をなくしたんだ。

（カイと曲を作った後も思ったっけ）

──『Tik[Q]et』は他人を喜ばせるために生まれたわけじゃない。

──それでも、私やカイみたいに生きづらさを感じてる誰かの力になってくれたとしたら、きっといいことだよね。

つまりはあのときと一緒。この子は私とは正反対の陽キャさんだけど、それでも私と似てる部分があった。同じ傷を抱えてた。

だから助けたかったんだ。

「ねえ、カナタちゃん」

そう。

イツカが、彼女のクラスメイトたちにしようとしてることをしたかった。

「せっかく友だちになれたんだけど……一つ言わなくちゃいけないことがあるんだ」

――お化けなんだからちゃんと成仏させてあげたいでしょ？

出会った日に聞いたイツカの言葉は正しいと思う。

死んだ人間のために生きる人が何かをする。

それが死者へのせめてものはなむけなんだと思う。

だから――私も果たしたい。

「わたしも、幽霊なんだ」

そう、イツカの友人として――と決意を固める私に。

イツカは、申し訳なさそうな笑顔で自らの正体を告げた。

▶

「気づいてたよ」

「あはは、やっぱりかホームズくん。――優しいんだね」

お化けの私に付き合ってくれたんだもん、と微笑《ほほえ》むイツカ。

ああ、くそ、気づきたくなんかなかったよ。

でもヒントが多すぎたんだ。

一つ目のヒントは廊下で私を起こしてくれたイツカを見たとき。

すぐ近くにあった姿見にイツカの姿が映っていなかった。

だからこそ死ぬほど驚いたんだ。

最初は目の錯覚だと思った。けど何度見てもイツカの姿は鏡や窓ガラスに映らない。だとしたらこの子は何か超常的な存在なんじゃないか？

響界線《きようかいせん》。最果ての駅。Ｑ。チケット。

そんな名称の都市伝説と一緒で。

そう考えた私は〝チケット〟の手がかり手に入れるために、イツカと行動を共にすることにした。

二つ目のヒントは、文化祭の準備。

イツカは効率重視と言って私と一緒に作業をしようとしなかった。

それは、幽霊である彼女は現実の物体に触れないときがあるからじゃないか？　プールに入ったときは水面に触れることができていたけど、常に触れられるほど体が安定してないのかも。

三つ目のヒント。
消失した私の記憶——約1ヶ月間、私は何をしていた？
その答えは二つ目のヒントから導き出せる。
幽霊《イツカ》は現実の物体に触れられないときがある。
なら——この校舎を飾り付けたのは誰だ？
私がここで目を覚ます前から文化祭の準備は始まっていた。
それは、つまり。
「本当にごめんなさい」
イツカは深々と頭を下げた。
「わたし、気づかないうちにカナタちゃんに憑《と》りついちゃってたんだ」
そう——それが欠落した記憶《くうはく》の正体。
1ヶ月間、私はイツカに憑りつかれ、意識を奪われ、イツカとして行動していた。
その証拠に避難所で女の子が私を「イツカちゃん」と呼んだ。
きっと私に憑りついたイツカは何度かあそこに足を運んでいたんだろう。
（そして、イツカはたった一人で文化祭の準備をしてた）
きっと自分が他人に憑りついていると気づかないほど、ただ一心不乱に……。
そして、私がここで意識を取り戻した後で、イツカも私に憑りついてたことに気づいたんだろうな。

だから「カナタさんがいなかったら終わってた」なんて言った。

「わたしは、メトロのトンネルで死んじゃったんだ」

一度憑りつかれたことが原因かもしれない。

もし魂なんて呼べるものがあったとしたら、憑依《ひょうい》されたことで私とイツカの魂がつながったとか。

もしくは憑りついたときにイツカの記憶が私の体に少し残った。

議論好きな脳みそが色んな仮説を立ててるけど、結論は一つ。

私は——イツカの記憶を夢として見ることができた。

だからこそあれは全部本当にあった出来事《げんじつ》。

イツカは一人ぼっちで死んだ。

そして——死んだはずの彼女は名前も知らない場所にいた。

最果ての駅。

そこでQと出会い、〝チケット〟を手に入れた。

「ごめんなさい！」

イツカは目に涙をためながら、必死に謝ってきた。

「勝手に憑りつかれて嫌だったよね!?　気持ち悪かったよね!?　本当にごめんなさい！

わたし、カナタちゃんにひどいことを――」

「気にしなくていいよ」

「えっ……？」

「イツカは何も悪いことはしてない。それよりさ、もっと大事な話がある」

「だ、大事な？」

イツカが緊張した様子でごくりと唾を飲んだ。

私はできるだけ真剣な声を作りながら、告げる。

「どうしてイツカは私に憑《と》りつけたんだろ？」

「は？」

「それだけじゃない。私にはイツカの姿がこうして見えてる。体にもフツウに触れられる。それって結構な問題だと思うんだよね。イツカは心当たりない？」

「えっ!?　えっと……」

漫画だったら頭の上に「？」マークが浮かぶくらい、イツカは考えてから、

「あっ、わかった！　カナタちゃんのお母さん、実は青森《あおもり》出身でしょ!?」

「違う。うちのお母さん恐山《おそれざん》のイタコじゃないから」

「じゃあお父さん！」

「イタコって男でもできるの？」

「一人くらい女装イタコがいてもいいんじゃないかな!?」

「何そのアグレッシブすぎる職業。ただ、イタコか。何かの文献で読んだことがあるんだけど、イタコって目の不自由な人がなることも多かったんだって」

「えっ、どうして？」

「目の不自由な人は他の感覚が鋭くなる。その結果、この世のものじゃない『何か』を感じ取る第六感が鍛えられるみたいな話だったと思う。あとは大昔は霊能者になるためにわざと片目だけ潰したって記述も見たことが……」

「怖い怖い怖い！　てかカナタちゃんは問題なく目が見えてるよね!?」

「まあね」

「わたしの水着姿目に焼き付けてたもん！」

「焼き付けてはない」

「わたしは焼き付けたのに!?」

「まさかそのために私をプールに入れたんじゃないだろうな？」

「う～ん、じゃあイタコ子孫説はハズレかぁ」

「スルーすんな。プールに沈めて息の根止めるぞ」

「ざんねーん！　わたしもう死んでます～！　息どころか心臓も営業停止中で……あっ！」

イツカは笑顔で手を叩《たた》いた

「わたしたちの息がぴったりだから憑《と》りつけたんじゃないかな⁉」

「っ。――それ、正解かも」

別にイッカと息がぴったりだとは思ってない。

ただ、私たちには似てる部分がある。

友人達《クラスメイト》を失ったイッカと同じように、私もカイを失《な》くしたときに「私だけを置いていかないでよ！」って願った。

孤独を感じてた。

だから、同調できたのかも。

同じ音階のメロディがぴったり重なるように。

「ありがとね？」

考えこんでいると、イッカは照れくさそうに微笑《ほほえ》んだ。

「わたしとお話ししてくれて。わたしが泣きそうになってたから、気づかってくれたんでしょ？」

「……別に？　私はなんでイッカが憑りつくことができたのか議論がしたかっただけ」

「ふふ、議論かぁ。カナタちゃんって誰かとおしゃべりするのが大好きなんだね」

「えっ」

「だって、議論って、一人じゃできないでしょ？」

核心を突かれた気分だった。

（──そっか）

私はただ誰かと議論《かいわ》がしたかったんだ。

言葉を交わせば、自分が孤独じゃないって実感できるから。

その証拠に、カイが死んでから、独りで構わないって思ってたのに。

私はイツカと友だちになれたのが、うれしかった。

▶

一つだけ、解決していない疑問があった。

地縛霊となったイツカのクラスメイトたち。

彼らは存在するんだろうか？

私には彼らの声も、姿も、気配も感じ取れない。

ひょっとしたら幽霊になったイツカが見ている幻なんじゃないだろうか？

そんな私の不安を振り払うように、

「よーし、それじゃあクラスの出し物、やっちゃおう！　みんな！　最後の青春《あおはる》、盛り上げていくよー！」

8月末日。文化祭、当日。

廃墟《はいきょ》みたいな校舎は今、たくさんの人で賑《にぎ》わっていた。

すごい人の数、校庭の出店もお客さんでいっぱい。

始まった夏祭りを見つめていたイツカが笑顔で叫んだ途端、夜空に花が咲く。

花火だ。

その音が合図だったように、

「あ！　見て、カナタちゃん！」

文化祭会場に現れる制服姿の人、人、人、人、人。

すぐにわかった。

イツカのクラスメイトたちだ。

「嘘《うそ》っ!?　タカヨシ!?」

「なんでこんな……！」

「夢みたい！　また会えるなんて……！」

祭りに集まった人々が驚愕《きょうがく》する。

きっと死んだ生徒たちの家族や友だちだろう。

彼らは驚きつつも、うれし涙を流し、笑顔を浮かべ、亡霊たちと再会する。

「クラスのみんな、家族の人と話してる！　お化けの声、聞こえるんだ……！」

「ひょっとしたら、これも〝チケット〟の効果なのかもね。幽霊がいる世界に連れてきてくれた」

「なんだか不思議。この世とあの世がごちゃまぜみたい」

「みんな楽しそうだよ。よかったね、イツカ」

「えっ……」

「だってあの人たちが会えたのって、イツカががんばって文化祭の準備をやったからじゃん」

「カナタちゃん……えへへ。そんなこと言われたら、わたしももらい泣きしちゃうや」

「ふふ。泣くのはまだ早いでしょ？」

だってまだ。

私たちの文化祭は始まったばかりだ。


それから、私たちは遊んだ。

出店でリンゴ飴《あめ》を買って、

「なかなかおいしいね」

「ホント？　いいなぁ。わたしも食べたかったよ」

「いや、幽霊でも食べられるでしょ？」

「えっ⁉　それって……！」

「また私に憑《と》りつけばいい。いいよ。少しくらいなら体レンタルしてあげる」

校舎に入って、

「リンゴ飴《あめ》おいしかった～！」

「うぷっ……なんか、お腹《なか》重いんだけど」

「焼きそばとフランクフルトとかき氷とみたらし団子も最&高だったな～！」

「オイ過食で私まで死なす気かハラペコ悪霊」

「えへへ、ごめんごめん……あっ、見て見てカナタちゃん！」

「『レンタル浴衣の貸し出しサービス！』？　へえ、生徒の文化祭企画を避難所の人たちが引き継いでくれてるんだ」

「着てみない⁉　カナタちゃん絶対似合うよ！」

「ヤダよ。浴衣とか陽キャ専用夏祭り特攻服じゃん」

「着ないの？」

「着ない」

「絶対？」

「絶対……って、待って？　あんたまさか――」

花火の下で、

「ほら！　やっぱり似合う！　可愛《かわい》い可愛い可愛い！　今すぐインスタに載せたら即バズして大手モデル事務所からスカウト来ちゃう～！」

「……やっぱイツカって悪霊でしょ？　勝手に憑依《ひょうい》して着替えさせるなんてさ」

「えへへ、ごめんね？　わたしの分もオシャレしてほしくてさ」

「もう。最初からそう言えば、着てあげたのにさ」

「カイくんにも見せてあげたかったね～」

「――待って。なんでカイのこと知ってんの？」

「えっと、最近夢を見るんだよ。夢の中でわたしはカナタちゃんになってた。それでカイって男の子と仲良くしてるの」

「夢の共有……そっか。私がイツカの夢《きおく》を見たんだから、イツカが私の夢《きおく》を見ててもおかしくないか」

「ねえねえカイくんとカナタちゃんってやっぱ恋人なの⁉」

「そういうんじゃない」

「屋上で二人でイチャラブしてたのに？」

「そんな売れ線少女漫画みたいなことしてない」

「カイくんのお部屋にお邪魔して彼のこと抱きしめたのに？」

「そ、そこまで見たの⁉　あれはあいつをはげますために……！」

「えへへ、照れないでよ～。せっかく友だちになったんだしさ。恋バナしようぜ～」

グラウンドの仮設ステージで、

「どうだった⁉　わたしたちのスリラー！」

「すっごいキレキレで驚いた……。さすがダンスコンテストにエントリーしようって考えてただけはあるね。スマホで撮ろうとしたけど、やっぱ映らなかったよ」

「あはは、幽霊だから仕方ないよ」

「あんなダンスを観《み》せてもらえるなんてさ。見物料を払いたいくらい」

「ふっふっふ。お代は体で払ってもらおうか～」

「何その関西の闇金でも言わなそうなクソ寒い台詞《せりふ》？」

「まだお客さんの熱は冷えてない！　二曲目はカナタちゃんの生歌で踊りたい！」

「は⁉　む、無理！　ステージで歌うとか……！」

「大丈夫！　カナタちゃんの歌に合わせてわたしも踊るから！　ね⁉　わたし死んじゃってるけど、一生のお願い！　一緒に青春《あおはる》しよ⁉」

「……もう。一曲だけだよ？　てか、踊れるの？」

「任せて？　実はカナタちゃんの歌──前から大好きだったんだ！」

食べて、遊んで、話して、笑い合って、歌って、踊って。

陽キャな幽霊と回るお祭りは楽しかった。

幽霊は鏡には映らない。

カメラにも映らない。

だから今日のことは記録に残らない。

ここにいない人たちに説明しても絶対に信じない。

でも──記憶には残ったよ。

たとえ死んじゃっても忘れられないくらいに、ね。

「本当にありがとう」

「ん？」

「カナタちゃんのおかげで、最高の文化祭になったよ。みんなもすごく楽しそう。これならきっと成仏させてあげられる」

「──うん。私も……まあ、楽しかった、かな」

「ホント!?　よかったぁ……あっ、ちゃんと今回のお礼はするね!?」

「別にいいよ」

「そんなこと言わずにさ！　そうだ！　わたしも響界線《きょうかいせん》の調査を手伝うっていうのはどうかな⁉」

「は⁉　手伝うって……」

「みんなを成仏させたら、わたしが学校《ここ》にいる理由もなくなっちゃうからね。だから——カナタちゃんと一緒にいるよ。これからも、ずっと」

「イツカ……」

「地縛霊から守護霊にジョブチェンだね！　報酬《ギャラ》はカナタちゃんの笑顔！　ね⁉　いいでしょいいでしょ⁉」

「——ふふっ。仕方ないなぁ」

「やった～！　えへへ、カナタちゃん大好き！　楽しみだね！　二人でキャンプしたり、色んなウワサを調べたり、路上で歌って踊ってお金を稼いだりさ！」

「まあ、そういうのも——悪くはないかな」

また花火が輝いた。

今日の私たちはあの花火みたいなものだ。

はねて、はしゃいで、準備してきたものを全部出し切って。

夜空に咲いた花みたいに、みんなで燃えた。

そして——終わりの時間がきた。

「あっ——」

イッカが声を上げた。

祭りを楽しんでいた幽霊たちが、夜空にとけていく。

みんな、幸せそうな笑顔で。

「——綺麗《きれい》。さかさまに降る流星群みたい」

成仏していくクラスメイトたちを見つめながら、イッカは笑った。

「カナタちゃん」

だけど、その笑みが、せつなさを帯びる。

「わたしも、もう時間みたい」

「イッカ……」

イッカの手足が透けていく。

少しずつ、とけていく。

「ごめんね。さっきの約束……」

「気にしないで？　冷静に考えたらイッカみたいな陽キャが守護霊になったら騒がしくて仕方ないしさ」

「えへへ。だね」

「それにイツカはもう十分がんばったでしょ？　文化祭の準備を成し遂げたんだ。だから、ゆっくりしなよ。みんなと一緒に」

「カナタちゃん……」

ありがとう、と。

イツカは薄桃色の唇で微笑《ほほえ》んだ。

「成仏しても、たとえこのまま消えても、カナタちゃんのことは絶対に忘れない。カナタちゃんのおかげで、願いを叶《かな》えられた！　あのとき、あの駅で、わたし本当は『わたしだけを置いて行かないで！　まだみんなの願いを叶えてない！』って思ったんだ！」

「願い……」

「そう！　だから、みんなもありがとう！」

イツカは空に昇っていく幽霊たちに告げる。

優しい笑顔でこちらを見つめている、イツカの友人たち。

「みんながわたしのために残ってくれたおかげで『みんなの願いを叶える』っていう、わたしの願いを叶えられた。一人ぼっちにならずにすんだ。そして、カナタちゃん」

「……ん」

「終わった世界でも、案外楽しかったよ。地縛霊なんてのも悪くないって思えた。それはきっとカナタちゃんと出会えたから。友だちになれたから。だから、次に出逢《であ》えることがあったら……」
イツカは、
私のもう一人の友だちは、
涙色の笑顔を精一杯輝かせながら、
「いつか、また——友だちになろうね」

夜空へと昇って行った。

▶

祭りばやしが消えていく。
亡霊たちとすごした文化祭《なつまつり》が終わる。
その中で——私は、自分の魂が体を離れるのを感じた。
死んだわけじゃない
いわゆる幽体離脱。
さっきまで同調してたイツカが成仏したのに引っ張られたのかもしれない。

自分の体が地面に倒れるのを、宙に浮かんだ魂《わたし》は見つめていた。
けど、空には昇れない。
(まあ、当然か)
私はイツカたちとは違う。まだ満足していない。やるべきことがある。
響界線《きょうかいせん》で〝チケット〟を手に入れる。
「!」
瞬間、魂がどこかに引っ張られた。
行き先は、地下。
地底の奥底にある『どこか』。
(——ああ、そっか)
話を聞く限り、イツカは死んだ後で最果ての駅にたどり着いた。
今の私もイツカと似たような状況なのかもしれない。
きっと、呼ばれてる。
〝Q〟
最果ての駅で待つ、女王に。

第6章　問題・世界のために、『私』を棄《す》ててはいけないか？

長い旅の果てに、私はたどり着いた。

埋もれたメトロの、その奥の、暗闇。

「ここが、最果ての駅？」

魂だけになった私はつぶやく。

肉体から離れることが、ここにたどり着く手段だったの？

(いや)

違う。

誰もが私みたいに幽体離脱できるわけがないし、死んだ人間だけが最果ての駅にたどり着けるなんて話はどこにもなかった。

だとしたら、あるんだ。

生きたままでここにたどり着く方法が……。

「――――っ」

考えこんでいた私は、息を呑《の》んだ。

誰もいない真っ暗な駅のホーム。

そこに――月の光を浴びたような真っ白な女の子が、たった一人で座っていた。
一目でわかった。
この子、生きてない。
きっとイツカと同じ存在。
頭の中に蘇《よみがえ》る都市伝説。
神隠しにあった少女。
メトロの亡霊。
「あなたは、どこに行きたいの？」
立ち上がって私を見つめてから、彼女は訊《たず》ねた。
私が行きたい場所。
そんなの、決まってる。
大災害が起きなかった世界。
カイやイツカが死ななかった世界！
そう、私は私にとって大切な友だちを助けたい――いや。
今の私の願いはそれだけじゃない。
そう、私が出した解答は――。
「同じ望みを抱いて、失敗した前例がある」

女の子――Qは答えた。

「あなたはすでにその前例たちと会っている」

「えっ!?」

前例たち?

ひょっとして……私がメトロで見たあの子たちが、そう?

失敗。

その言葉が意味するのは、きっとよくない未来。

ひょっとしたら、目の前の少女のように、私自身もこの世のものじゃなくなるかもしれない。

それでも――。

「私の願いは変わらない」

覚悟を決めるようにつぶやいた。

ああ、カイ。

あんたの気持ち、わかっちゃったよ。

最期《さいご》に自分を犠牲にして誰かを助けたあんたの気持ち。

今の私も同じ。

イツカに出逢《であ》えたおかげで、考えが変わったの。

カイがいなくなって一人で構わないって思ったけど、誰かと一緒にいれて楽しかったんだ。

だから——カイだけじゃなくて、みんなを助けたい。

壊れてしまった、この世界を。

それが私が出した解答。

私はどうなってもいい。

たとえ失敗してもいいから……！


「この街《とうきょう》を、終わらせないで！」


叫んだ。

暗闇の中で、一筋の光を灯《とも》すように、はっきりと。

「どうして？」

Qは訊《たず》ねる。

「あなたは幸せになれないよ？」

そんなことない。

「幸せだよ」と私は答えた。

だって、その世界には——大切な人が、生きている。

▶

朝。

満員のメトロ。

そこに私は立っていた。

(……そう、世界はこんな風だった)

みんな退屈そうで、窮屈そう。

明るい目的地《しょうらい》にたどり着けるかわからないのに、現実っていう列車の中で、律儀に乗車マナーを守ってる。

でも、それなりに幸せ。

その中に——ほら、『彼』もいる。

(ええと……名前は思い出せないや)

手から砂がこぼれるように、私の記憶は消えていく。

存在自体が、透明になるんだ。

私の友だちだった『彼』も『彼女』も、私のことを思い出せない。

「大好き」だと言ってくれた私の歌声すら、忘却してしまう。

これが、代償。

（ごめんね？）

きっと、もうキミに歌を聴かせることはできない。


新しい世界に、私の居場所はない。


でも、いいんだ。

「ねえ、名前も知らない、そこの少年A」

たぶん――私の大切だった人。

また、歌を書いてね？


それはきっと、私の心に響《とど》くから。

セツナ
ねえP、質問

トキオ
何でも聞いて！　トキオのお悩み相談室！
人生について？　哲学の問題？　恋バナいっちゃう？

リンネ
パパおかしい最低気持ち悪いナンパクソオジいっぺん地獄に落ちろ

イツカ
セツナちゃん質問早く！
時間をおけば置くほど親子関係にヒビが入ってく！

セツナ
Qloverがやる曲の歌詞とタイトル、いつできるの？

トキオ
あー、進捗確認ね

リンネ
そういえばまだ仮歌と仮タイトルだったね

＋ Qlover Talk vol.3

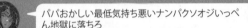

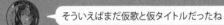

トキオ
お待たせしちゃってて、ごめんね！　歌詞はまだ、もう少し調整かな。でもタイトルはできてるよ。みんなに手に入れてほしいものをタイトルにする

リンネ
手に入れてほしいもの？　何？

トキオ
〝チケット〟

セツナ
チケット？　ライブの？

トキオ
ライブか……いや、それも言えてるかな。
始まる前と終わった後で、別の自分になっている

リンネ
？　どういう意味？

トキオ
僕がイメージするのは、〝切符〟。
『ここではないどこか』に行く資格だ

イツカ
なんか……ま〜たむつかしー感じに……？

リンネ
二人とも、パパがこんなでごめんなさい。
普段はここまで変じゃないの！

トキオ
何でフォローされてるの!?　真面目な話してるんだよ！

リンネ
ホント？

トキオ
もちろん！　女の子に声かけるときくらい真剣さ！

リンネ
よかった。じゃあかなり真面目だね

セツナ
ねえ、姫？　本気で言ってる？
それとも皮肉で言ってる？

イツカ
まあまあ、話を戻そ？
『ここじゃない場所』に行くための切符かぁ

セツナ
それ、聞いたことあるかも。
メトロの都市伝説じゃない？

イツカ
あ～……
サイハテの発券所で呪いの切符が～ってヤツ？

リンネ
呪いとかないから非現実的オカルト反対ノンゴースト

イツカ
返答がマシンガンっ。
リンネちゃん、オカルト系苦手なの？

トキオ
デタラメな話じゃないよ。
チケットは本当に在るんだ。
だからこそ、きみたちにこの曲を歌ってもらいたい

リンネ
パパ……？

イツカ
え～っと、これは本気のヤツ……です？

セツナ
もしかして、Ｐが私たちを集めたのって、そのチケット
をたくさん手に入れるのが目的だったり……なんてね

第7章　F協和音

何もかもが嘘《うそ》っぽい。
そんなことを日々思う。
放課後の都立広山《ひろやま》高校の屋上。
夕日が見える特等席で、俺は俺の曲を聴く。
「悪くないよな」
オレンジに染まった東京《けしき》も、
転校してきた学校で一人になれる居場所《シチユエーション》も、
黒いヘッドフォンからあふれ出す曲《メロディ》も、
悪くない、はずなのに……。
「くそっ」
ヘッドフォンを外してから、屋上に倒れこむ。
駄作じゃねえか。
今聴いてたのは徹夜で作った渾身《こんしん》の傑作のはずだった。
(なのに、アガらない)

何かが足りない気がする。
でも、それがわからない。
「あー、汚れちまった」
今度から寝ころぶときはピクニックシートとか敷いた方がいいな。
今着てるのは私服。
他の生徒みたいに統一ファッションですごすとかまっぴらごめんだった。
そういう意味じゃ前は私服高校でよかったな。
（まあ、よかったのはそこだけだけどさ）
私立慶政《けいせい》大学付属高校は県内有数の進学校。
服装以外の校則《ルール》はガッチガチに厳しかった。
父さんと母さんの出身校って理由で入学させられたけど……。
（どいつもコイツもお行儀のいいお坊ちゃまやお嬢さまばっかり）
みんな教師《おとな》の言うことには絶対服従。
いい子ぶって、内申点を稼いだ方が将来的に都合がいいから。
だから見て見ぬふりしてた。
40すぎの担任教師。
クラスで一番成績が悪い生徒に対して毎日毎日教育的指導《パワハラ》オンパレード。

『おい、××。今回も学年最下位だったぞ』

『××のことは職員室でも話題になってる。どうしてこんなに出来が悪いのかって』

『俺が毎回フォローしてやってるんだ。次はもっと成績上げろ』

『まあ、ある意味××は俺よりも教師してるかもな。反面教師って意味で』

『みんな、××みたいにはなりたくないって思ってるだろうし！　あははははっ！』

なあ、おまえもそう思うだろ？　と話しかけられた瞬間、俺は担任をぶん殴っていた。

別に××を助けたかったわけじゃない。

クソみたいな主張を無理やり押し付けて同意を求めてきた教師《おとな》に嫌気が差しただけ。

それに、

『××ってさ、先生に嫌われてるよね～』

『でもさ。クラスに一人は必要じゃん、ああいうヤツ？』

『あー、わかるわかる！　いわゆるヘイト係！』

『××が先生のストレスのはけ口になってくれる。それに……』

『××をネタにして笑ってればクラスもまとまる。なんかシンドいことが起きても「××よりはマシだよな」って安心できる』

『うっわ、えげつな！　でも現実ってそんなもんか！』

『あはは！　よかったぁ、私が××じゃなくて！』

『仕方ないことなんだよ。これも人間関係を円滑に回すため。俺たちは悪くないさ』

みたいな会話を、××が教室にいるのにも関わらず大声でしゃべっていた優等生たちにも腹が立った。

だって……まるで俺の演奏《ピアノ》みたいだったから。

「人間関係を回すため」って綺麗事《きれいごと》に従う優等生たち。

親の綺麗事に従い続けた結果、誰の心にも響かない楽譜通りの〝音〟しか奏でられなくなった俺の演奏とそっくりに感じた。

だから担任を殴った後、止めに入った男子何人かとケンカになった。

おかげで右手を怪我《けが》して、週末のピアノコンクールに出られなくなって、実家を追い出された。

新しい学校なら環境を変えられるかもしれないって喜んだけど、結局ここも一緒。

周りの空気《いろ》に合わせる優等生《カメレオン》ばっかりで……ああ、くそ。

「嫌なこと考えるなよ」

こんな気分を吹き飛ばすために昨夜作った傑作だって、心に響いちゃくれなかった。

まるでこのクソな現実みたいな不協和音。

（それに――なんでだ？）

独りでいるのは平気なはずなのに、この屋上にいるとやけにさびしい……。

このわけのわからない孤独感を打ち消したい。

そのためにも、足りない。

高揚感が。

「そういえば」

最近高揚感を覚えたのは、あのときだったな。

この屋上に繋《つな》がる小窓に取り付けられたダイヤル式の南京錠《なんきんじょう》を見たとき、らしくないことに胸が大きく高鳴った。

なぜかはわからないけど、俺には答えがわかったんだ。

南京錠の4ケタのナンバー。

まるでピアノを前にしたモーツアルトみたいに劇的なひらめき。

頭に浮かんだ数字を入れたら、カチッと鍵は開いてくれた。

あの南京錠に対する鍵を見つけたときは、やけに気分がアガって……そうか。

「足りないのは、解答だ」

曲が問題《もんだい》だとしたら、歌は解答《かいとう》みたいなもんだと思う。

もちろん歌がなくても成立する音楽《インスト》もあるが、この曲は違うんだ。

がばっと寝ころんでた上半身を起こして考える。

(ボカロで歌入れしてみるか?)

いや、そうじゃない。

俺がほしいのはもっと血の通った旋律《ボーカル》。

そう、歌だ。

でも、誰の？


『――走馬灯　スロウモーション』


「えっ」

瞬間、『Tik[Q]et』と仮タイトルをつけた曲を聴いていたら、空耳にしてはやけにはっきりとした声が鼓膜に響いた。

『散るまで　準備もせずに今日も　スタッカート
傍《そば》から聴こえる警報　黄泉融《よみと》け　Tik[Q]et』

知ってる。

彼女の声を、俺は知っている。

『もう、まわりに合わせない。

着るものも、見るものも、聴くものも。

全部、じぶんが、スキなもの』

そう、あのとき、、あのとき屋上から漏れ聞こえてきた歌と一緒で……って、待てよ。
あのときって、いつだ?
『それってね――想像以上に、自由だよ』
困惑しつつも、蘇《よみがえ》る。
デヴィット・ボウイのメロディに乗せて、日本語の歌詞を口ずさんでた声。
南京錠の鍵《なんきんじようナンバー》をひらめいたときみたいに胸が高鳴った、彼女の歌声。
「――そうだ」
か、か、カナタ。
……嘘《うそ》だろ?
どうして忘れてたんだ?
たった一人の、友だちのことを。

▶

曲を書くのは、嫌いじゃない。
物語のようにコードを並べ、謎解きのようにメロディを探る。
答えを見つけたときの痺《しび》れるような興奮も好きだ。

ただ、それはずっと、孤独な作業だった。

カナタと出逢《であ》うまでは。

『うまいじゃん』

ぶっちゃけほめられてすげえ照れた。

その曲が審査員のための演奏《ピアノ》じゃなくて、俺が俺だけのために作ったメロディだったから。

（それに、わかったんだ）

俺と同じ私服姿の生徒。

カナタは周囲に合わせるような共感＆肯定《おせじ》は振る舞わない。

俺の曲をほめてくれたのは、本音だって。

照れ隠しがしたくてつい「誰にも響かなければ、ただの音だろ。〝音楽〟じゃない」なんて面倒なことを言い出す俺に、カナタは「じゃあ、〝音楽〟じゃん」と言った。

は？　なんでそれ？

――私には響いてる。

そういう意味か？

だとしたら、きっと……あいつと出逢えたから、俺の〝音楽〟は始まったんだ。

カナタがいない。
翌日、休み時間に隣のクラスに行ってもあいつの席はなかった。
それどころか誰もカナタを知らなかった。
『カナタって誰？』
『そんな人、うちのクラスにいないけど？』
『うおっ、驚いた。なんでそこまで焦ってんだ？』
こんなの焦らない方が無理だろ！
まるで、はじめから存在しなかったみたいに、カナタの存在は消失していた。
（……なんだこれ）
放課後、メトロに乗りながら考える。
俺は夢でも見てるのか？
だとしたら……どっちが夢だ？
カナタとの時間も、もらった言葉も、あいつの歌声も……全部妄想なのか？
俺はおかしくなったのか？
不安に襲われつつも、俺は必死にカナタについて思い出そうとした。

夜もロクに眠らずに、カナタのことを考え続ける。

『私たち、似た者同士かもね』

そうして蘇《よみがえ》るのは、断片的な記憶。

けれど俺にとってはかけがえのない思い出。

少しずつだけど、蘇生《そせい》していく。

思い出していく。

俺の部屋であいつに抱きしめられたときに感じた鼓動《あたたかさ》。

『私も色々シンドいことあったんだけどさ。カイのおかげで前よりも音楽を好きになれた。歌うことに夢中になった』

俺もだ！

俺もカナタの歌声を聞いて、ようやく音楽が好きになれた！

好きになるってこういうことなんだって気づけた！

幸せな夢の中にいるみたいな気分になれたんだ！

『好きな曲を聴いて、好きな歌を口ずさんでるときは、嫌なことを忘れられる。フツウじゃなくてもなんとか生きていける。そんな気分になれる。それが私が手に入れた答え』

頭の中で響く友人の声は。

妄想と判断するには、あまりにも鮮明《リアル》だった。

『カイがどういう理由で〝A〟って名乗ったかはわからないけど、その名前の通り、カイは私にとっての〝解答《Answer》〟をくれたんだよ』

俺が作った曲を好きだと言ってくれた声も。

その後に俺の曲に乗せて披露してくれた最高の歌も——全部憶《おぼ》えてる。

だとしたら、

「俺がおかしくなったんじゃないとしたら」

間違ってるのは、この世界の方だ。

それこそありえない、妄想だって言われそうな、発想。

でも——そうとしか思えなかった。

何かが、何処《どこ》か、絶望的に足りない世界。

この世界ではカナタの存在が綺麗に消失《しゅうせい》されている。

何らかの理由によって。

だとしたら——取り戻すだけだ。


『私さ。カイの〝音楽〟、大好きだよ』

「——待ってろ、カナタ」

俺がおまえを連れ戻す。
おまえが必要としてくれた〝音楽〟をまた聴かせてやる。
でも、どうしてだ？
なんでこんなことが起きた？
人間一人の存在が抹消された。
まるで神隠しにでもあったみたいに、カナタは消えて——。
「っ」
神隠し。
そんな話をカナタから聞いたことがある。
神隠しにあった少女。
最果ての駅。
Q。
そして、〝チケット〟
「もしかして……」
響界線《きょうかいせん》の伝説が、関係してるのか？

トキオ
Qlover諸君！　練習お疲れさま！
だいぶ仕上がってきたね〜

セツナ
やった！

イツカ
ほめられ、いただきました〜！

リンネ
当然！　そろそろレコーディングでしょ？

トキオ
そうだね……実はまだ迷ってることがあって。
録りの前に４人目を入れるかどうか

リンネ
４人目？　新メンバー？

イツカ
ええ〜？　初耳ですよ！　あてはあるんですか？

トキオ
実は前から目をつけてる子がいて

＋　Qlover Talk vol.4

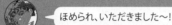

リンネ

――何それ。どんな子？　いくつ？　高校生？
どこに住んでる？　歌うまい？　私より可愛い？

トキオ

とてつもない才能の持ち主……それは間違いない。
僕が作った曲を歌ってもらったことがあるから実力はよく知ってる

リンネ

パパの曲を……私たちよりも先に……？

トキオ

ただ、彼女を誘うことで何が起こるか……
かえって致命的な結果を招くかも……

リンネ

意味わかんない。パパのお気に入りさんならさっさと誘ってくれば？

セツナ

見て見てイツカ！　リンネちゃんやばい怒ってる！

イツカ

ウキウキで親子間戦争リポートしてこないで！

トキオ

まあ、かなり気難しい子だから正面から口説き落とすのは難しいかな

リンネ

くくく口説きおとぉ!?

イツカ

もうＰ～！　わざとやってません!?

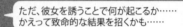

トキオ
さらに言うと、単純に面識がないんだよね〜。
こっちは１０年以上前からマークしてるのに

セツナ
きっしょ。ナンパオヤジからロリコンオヤジにジョブチェン？　リンネパパ。その顔じゃなかったら収監されてるよ

イツカ
すみませんＰ！　うちのセツナちゃんが暴言をー！

リンネ
……今夜、パパんち行くね

イツカ
あっ……これ、やばいやつ？　リンネちゃんも収監されかねない？　裁判所案件？　今夜防刃チョッキ着て寝た方がいいんじゃない、トキオさん？

トキオ
いきなり名前呼びなとこがガチ度高すぎぃ！

セツナ
でもさすがに１０年前ってのはおかしくない？
その４人目が私たちと同い年くらいだとしたら１０年前じゃ幼すぎる

イツカ
ひょっとして、前に話してた〝チケット〟と関係ある？

リンネ
もう全部、話してもらうから。
今まではぐらかしてたことも、全部

トキオ
……お手柔らかに頼むよ？

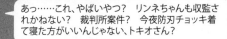

第8章　響界線《きょうかいせん》の伝説

メトロで神隠しにあった少女。
その少女がQになったと仮定しよう。
そして彼女は最果ての駅で、〝チケット〟をくれる。
だとしたら——消えたカナタも最果ての駅にいるんじゃないか？
もしいなかったとしても、Qにさえ会うことができれば見つけられるんじゃないか？
カナタに会うための、手がかりを。
そう考えた俺は行動を起こした。
(最果ての駅なんてものが本当にあるのかわからない)
なら、確かめればいい。

気が付くと乗客は自分だけ。
停《と》まった駅の電気が消えて——真っ暗だったらご用心。
そこで降りたら、もう戻れない。

響界線についてのウワサを信じるなら、最果ての駅にたどり着くにはメトロに乗っている必要がある。

ただし、手段は不確かだ。

特定の駅の特定のドアから乗るとか、乱れたダイヤが鍵だとか……ネット掲示板やSNSで拾えた情報は、その程度。

信憑性《しんぴょうせい》はまったくない。

なら、確かめればいい。

様々な駅から電車に乗ったり、乗車時間を変えてみたり、毎日毎日始発から終電まで考えつくパターンを闇雲に試す。

パターンはスマホのメモアプリにすべて記録する。

学校にも通わずに、そんな作業を数ヶ月繰り返して——季節はもう12月。

はたから見たら完全におかしいヤツだよな。

疲労だってたまってる。

(それでも試す)

片っ端から。

そうして誰かが見たら無駄に思える努力を毎日続け、メモアプリに記したパターンが数百を超えたころ、

「えっ……」

ある日。疲れ切って座席でうたた寝した俺は、たどり着いた。

明かりの消えた、真っ暗なホーム。

ここが——。

「最果ての駅？」

一気に目が覚めた。

……覚めてるよな？　これは夢じゃないよな？

半信半疑のまま、暗い駅のホームに降り立つ。ウワサ通り、乗客は俺以外いなくなっていた。まるで俺だけ神隠しにあったみたいに……。

「……………っ」

そうか、神隠しだ。

神隠しにあった時刻と場所。

それが、答えだったのか？

響界線《きようかいせん》の伝説。

一人の女の子がメトロで行方不明になった。

けど、彼女だって突然消えたわけじゃない。

駅に入って、改札を通って、メトロに乗ったはずなんだ。

「彼女の行動をトレースすること……」

同じ駅、同じ時刻、同じ車両。

それが最果ての駅にたどり着く条件なのか？

（いや）

それだけじゃ条件が緩すぎる。

ここにたどり着く人間はもっと多くなってるはずだ。

何か、他にも条件が――。


「あなたは、どこに行きたいの？」


不意に、あまりにも唐突に。

闇の中に、淡い光がともり、少女の影が浮かび上がった。

「あんたが、Q？」

俺は、カイ。訊《き》きたいことがあってここに来たんだ……と、それから数分間。

緊張を押し殺しつつも俺はしゃべりまくった。

この幸運を逃すまいと、必死で。

結論から言えば――。

「カナタは、もういない」

Qは、カナタの消息を知っていた。


「世界と、自分を、交換したから」


それがQの答え。

Qは語った。

かつて、大災害と呼ばれる地震でこの街が壊滅したこと。

その被害をカナタが帳消しにするために。

イツカという少女の導きで、カナタはここにたどり着き、世界を救う〝チケット〟を手に入れた。そして誰にも観測できない、〝透明〟な存在になってしまった。

「なんだそれ……」

要は、トロッコ問題の珍解答。

世界を轢《ひ》き殺すトロッコを、カナタは自分自身にぶち当てた。

「ふざけんな！」

間違ってるだろ、そんなの！

あいつがそんなことするわけない！

そんなこの世界の模範解答《せいかい》みたいな自己犠牲をあいつがするわけない！

「あなたも同じことをした」

「っ」

違う！　あれは……！　と言ったところで、記憶が蘇《よみがえ》った。

Ｑの言う通りだ。

この世界とは別の世界で、あの地震が起きた後、俺は自分以外の誰かを助けるために、命を捨てた。

炎の中に飛びこんだ。

他人なんて興味はない。独りでいい。ずっとそう思ってた。

けど――カナタと出逢《であ》えて、変われたんだ。

この世界は俺のピアノみたいにつまらない人間ばっかり。

そんな風に思いこんでたけど、違った。

（そう見えてただけなんだ）

カナタは学校ではぼっちだったけど、俺にとってはかけがえのない友だちだった。

つまりはそれと一緒。俺にとってはつまらない他人でも、『誰か』にとってはかけがえのない存在かもしれない。
（そう考えたら……）
俺は炎の中に飛びこんでた。
『誰か』にとってのかけがえのない他人たち。
俺にとってのカナタを助けるために。
けど……！
「……嘘《うそ》だ」
ひょっとしたら、カナタは俺の行動に影響された？
俺のせいで、カナタは、死んだ？
この世界から消失したっていうのかよ!?
「……とにかく、俺にも切符をくれ」
思考をごまかすように叫ぶ。
「俺はカナタを連れ戻したいんだ！」
そうだ。
たとえこの世界がカナタの下した決断だったとしても、俺はカナタを助けたい。
たった一人の友人。
俺の曲《うた》を救ってくれたボーカルを！

「さっき言ったよな？　『あなたはどこに行きたいの？』ってさ。俺が望むのは——当然、カナタが消えずに済む世界だ」

「……………」

「この平穏に代償が必要なら、俺がなる！　カナタの代わりの人柱に！」

「……………」

沈黙。

最果ての駅を静寂が満たした後で、Qは静かに首を振りやがった。

「そうしたら、次はカナタがここにくる」

「!?」

「そして二人は、永遠に堂々巡りを繰り返す」

「それって……今度はカナタが、俺を助けるために人柱になる？」

こくんとQは小さくうなずいた。

……それは、あり得る。

俺たちはよく似てる。

まるでドッペルゲンガーみたいに。

あのばかなら、俺みたいなばかをする。

そうなったら地獄だ。

無意味で、無益な、無限ループ。

それでも……。

「……納得できない！」

だって、そうだろ？

この街は、カナタの犠牲の上に成立している。

誰もカナタのことを憶《おぼ》えてない。

目に視《み》えぬ犠牲で生まれた幸福観が跋扈《ばっこ》している。

やり直しの世界。

仮初めの楽園《エデン》もどき。

たった一人の少女を見殺しにして成り立つ、幸福な世界……。

「そんなの……」

いい、あの教室と一緒じゃねえか！

担任教師にいたぶられてた××。

一人のヘイト係を用意することでまとまるクラス。

誰かが生贄《いけにえ》になるのは仕方ないっていう綺麗事《きれいごと》。

誰かの犠牲《なみだ》をエネルギーにして回る世界《システム》。

「絶対に間違ってる！」

叫んだ。

けど、わかってる。

これは解答じゃない。

Qが出した問いの答えになってない。

俺はどこに行けばいい？

いい、いい、いい
たとえ自分を犠牲にしても、またカナタが自分を犠牲にする。

無限ループは止まらない。線路をひたすら周回する環状運行列車みたいに、運命という名のレールを俺たちは回り続ける。


「さよなら」


Qの声が響く。

どうやら俺は答えを持ち合わせてないと判断されたらしい。

途切れる意識の中で、思考する。

……俺は、どうすればいい？

教えてくれ、カナタ。

第9章　Q

Qと別れた後、気づいたら俺はフツウの駅にいた。

問いに対する答えは思いつかない。

だから考える。久しぶりに学校に行って、屋上に入り、今にも雪が降り始めそうな灰色の冬空を眺めながら。

最果ての駅は見つけたんだし、まだ時間はあると高をくくったけど——すぐに間違いだと思い知らされた。


『じゃあ、〝[redacted]〟じゃん』


「……えっ？」

最初は小さな違和感。

Qへの答えのヒントを探すために、屋上でカナタと初めて話したときの記憶を回想したとき、あいつの言葉をはっきり思い出せなかった。

とても大切な、俺にとってかけがえのない言葉だったはずなのに、思い出せない。

『どうすれば[redacted]になれるのか？　いっつもそんな疑問を抱いてた。けど、カイは私の疑問を吹き飛ばす[redacted]をくれた』

　思い出の欠落。

　モザイクがかかったみたいに記憶にノイズが走る。

「……嘘《うそ》だろ？」

　つぶやいた瞬間、雪が降り出した。

　このまま待てば街はすっかり白く彩られるだろう。

　まるで、真っ白な絵の具で塗りつぶすみたいに。

「――っ」

　まさか、カナタのことを忘れていってるのか？

　雪が降るほどの寒さじゃなく、恐怖で鳥肌が立った。

　徐々にだが確実に、カナタに関する記憶が薄れていってる。

　それどころか忘れないようにスマホのメモアプリに記したカナタの台詞《せりふ》まで、なぜか消滅していた。

　なんで、こんなおかしなことが……！

「いや」

　おかしいのは俺の方なんだ。

カナタを犠牲にして再編された世界。

この世界において、俺は唯一カナタのことを憶《おぼ》えてる人間。

あきらかに異質な存在。

巨大なプログラムに発生したバグみたいなものだ。

だからこそ……。

(修正されようとしている？)

この世界そのものに。

そうとしか考えられない。

だからこそスマホにメモしたあいつの名前や言葉が消えてた。

今はまだ言葉を思い出せなくなっただけだけど、俺自身の記憶の修正《バグ》もさらに進むだろう。

屋上でキャッチボールしたことも、二人で街で遊んだことも、俺の家で歌入れをしたことも、音楽室で俺のピアノで歌ってくれたことも——思い出はすべて抹消される。

それどころか、他のみんなのようにカナタの存在《かお》すら思い出せなくなっちまう……。

「……ざけんな」

何か……何か思いつけ！

考えろ、考えろ、考えろ！

カナタを取り戻す方法を！

「――くそっ！」

学校からマンションに帰った後で、イラついた感情をぶつけるように壁を叩《たた》いた。

時刻は夜。

窓から見える街灯に照らされた街はすっかり白く染め上げられていた。それと一緒でカナタについての思い出もすべて白紙になる。ひょっとしたら、明日の俺はカナタのことを何一つ憶えてないかもしれない……！

「……嫌だ」

情けないことに瞳が涙で潤んだ。

あいつを……カナタのことを忘れたくない！

だけど何もできない。もう、あきらめるしかない。

なぜなら俺は答えを出せてない。

このままた最果ての駅に行ってもQに追い返されるに決まってる……。

「時間が……」

時間が足りない。

せめてもっとこの問題に対処できる時間があれば……！

「――お願いします！　この番組を観《み》てるみなさんの力を貸してほしいんです！」

不意にテレビのスピーカーから響いた声に、意識を持っていかれた。

少しでも落ち着きを取り戻そうと、適当に合わせたチャンネル。

どうやらテレビ局主催のダンスコンテストの生中継をやってるらしい。

画面の上の方には『都立西原《にしはら》高校ダンスサークル』というテロップ。

大がかりなセットの真ん中で叫んだのは、天使みたいに白い衣装を身にまとった、明るい髪の少女。

彼女は女性の司会者に手渡されたマイクで叫んだ。

「こんなこと言ったらおかしな子だって思うかもしれないですが……わたしには、すごく大切な友だちがいたはずなんです！　でも、どんなにがんばっても、その子のことを思い出せなくて……っ」

電波に乗せて自分の気持ちを伝えることに緊張してるんだろう。

少女の手はかすかに震えているように見えた。

けど、それでも彼女は必死に声を振り絞る。

「わたし、憶《おぼ》えてるんです！　たとえ死んでも……成仏しても！　その子のことを絶対に忘れないって約束したって！　今から踊る曲はボカロで歌入れしてありますが、本当はその子の曲なんです！」

少女の言葉は一生懸命で、まっすぐで、どこまでも透き通ってて、

「わたし、その子の名前も、一緒に何をしたのかすらも思い出せないけど、この歌だけは憶えてました！　わたしの友だちが歌ってくれた曲！　真っ暗な闇の中でも勇気をくれるような、心に響く、大好きな〝音楽〟！」

とても嘘《うそ》を言っているようには思えなかった。

身にまとっている真っ白な衣装みたいに、ただただ純粋だった。

「SNSで呼びかけても手掛かりは手に入りませんでした……。だから、もし！　今この番組を観てる人で、今から流れる曲やその子について知っている方がいたら、どうか連絡をください！　その子は……わたしの大好きな友だちなんですっ！」

たしかにフツウに考えたらおかしな主張だ。

名前すら憶えてないのに大好きな友だちだって言って、その誰かに教えられた曲だけを憶えてるなんて。

その証拠に、司会者、コンテストの審査員、さらには観客たちは少女の言葉に困惑してるようだった。

でも――俺だけは違った。

「まさか……」

つぶやいた瞬間、曲が流れ出す。

ダンスが始まる。

ひどく聞き慣れたイントロ。

たしかにボカロで歌入れしてあるけど、このメロディは間違いなく――。

「『Tik[Q]et』……!」

改変前の世界で俺とカナタが作った曲。

この世界では響界線《きょうかいせん》の伝説について調べるのに必死で、まだメロディも歌詞も未完成。

〝A〟としてネットに発表すらしていない。

にもかかわらず、今少女が踊っているのは間違いなく俺とカナタが作った音楽……!

「――イツカ!」

もはや確信めいた発想と共に、俺は画面の中で友人たちと踊る少女に叫んだ。

そうか。

カナタを探そうとしたのは、俺だけじゃなかったんだ。

Qの話では、カナタは幽霊になったイツカの導きで最果ての駅にたどり着いた。

そして大災害が発生しないこの世界では、俺と同様にイツカも生きていた。

ただし、イツカのカナタに関する記憶は俺よりもずっと断片的だった。カナタの名前すら思い出せない。だからこそ、唯一憶《おぼ》えてたメロディから曲を作って、大勢の人間に届けることで探そうとしたんだ。

決してあきらめずに、大切な、友だちを。

「――――っ」

部屋に流れる『Tik[Q]et』に引っ張られるように、蘇《よみがえ》る。

そうだ。俺がこの曲の歌入れしようってカナタをボーカルに誘ったのは、あいつが落ちこんでたからだ。

（あきらめるな！　思い出せ！　あのときのカナタの言葉を……！）

学校の屋上。自分の将来や、屋上が使えなくなったら居場所がなくなることについて、カナタは悩んでた。それでたしか……「子供のころの自分に会って、しっかり将来について考えろって言いたい」みたいなことを言い出して……。

『いっそタイムマシーンとかほしいかな』

「あっ――」

ひらめき。

南京錠《なんきんじょう》の4ケタの数字《かぎ》を見つけた気分。

イツカが――カナタのもう一人の友だちが踊る『Tik[Q]et』の旋律は、文字通り忘却しかけた記憶の引換券となってくれた。

まだ修正されていなかったカナタの声。

頭の中で響いた言葉が、俺にとっての『解答』をくれた。

▶

「誰も犠牲にしなくていい、そんな世界にいきたい」

最果ての駅。

暗闇の中で再び〝Q〟と相対した俺は、答えを告げていた。

イッカに会いに行こうとも考えたが、これ以上記憶の修正が進んだら、たとえイッカに会っても俺はあいつに関する記憶をまったく思い出せないかもしれない。

それだけは避けたかった。

だから、最短ルートでQに答えを告げにきた。

「不可能」

Qはどこか落胆した様子で首を振る。

「トロッコは軌道を外れない。誰かが必ず轢《ひ》き殺される」

たしかに、世界を救うには犠牲がいる。

あいつが自分を人柱《いけにえ》にして壊れた世界を再編したように。

このままじゃクソなルールは変わらない。

トロッコ問題。

一人を犠牲にして大勢を助けるのか？

もしあいつや俺が犠牲になることを選ばなかったら、数万人が命を落とす。

「——違う。『必ず』じゃない」

「どういう意味？　トロッコの軌道上にいる誰かが死ぬのは確定事項で——」

「それは未来を知らないからだ。危険があるとわかっていれば、レールの上から逃げ出せる」

たとえばさ。

トロッコが来る前に線路上にいる全員を救う方法があるとしたら、どうだ？

もちろんそんな方法、簡単には思いつけない。

思いついたとしても大災害《トロッコ》が来るまでに準備を終わらせることができるとは思えない。

「だから、俺は『時間』がほしい」

みんなを救えるだけの、その準備を整えるための、猶予が。

それが俺が出した答え。

もちろん、怖い。

怖くて仕方がない。

俺が行こうとしてる場所は、この世界とは別の世界……。

『私も色々シンドいことあったんだけどさ。カイのおかげで前よりも音楽を■■になれた。歌うことに■■になった』

頭蓋《あたま》の奥でノイズにまみれた声がこだまする。

「——ははっ」

たとえ、不完全でもあいつの——■■■の声を思い出しただけで勇気が出た。

さあ、覚悟を決めろ、少年A?

時間の摂理《ルール》なんてクソくらえだ。

解き明かして、取り戻して、問い質《ただ》して、巻き戻して——境界を抉《こ》じ開けろ。

『カイがどういう理由で〝A〟って名乗ったかはわからないけど、その名前の通り、カイは私にとっての〝■■〟をくれたんだよ』

前に進め。

明日に進め。
■■■の笑顔を取り戻す。

『私さ。カイの〝[redacted]〟、大好きだよ』

もう名前すら思い出せないけど、これだけは憶《おぼ》えてる。
俺はあいつのためならなんだってしてやる。
だからこそ、ほしい。

過去へと跳ぶ特急列車《タイムマシーン》の片道切符。
問題を解き明かすための膨大な時間を手に入れるための鍵が。
それこそが、俺の『解答』。
Qに対するAだ。

「――――」
そして、
Qは俺の顔を静かに見つめてから、
そっと――一枚の〝チケット〟をくれた。

第10章　問題・犠牲になった一人のために世界を賭けてはいけないか？

そこは、俺が生まれたころの東京《とうきょう》だった。

渋谷《しぶや》のスクランブル交差点。

そこで目を覚ました俺は近くを歩いてたスーツ姿のサラリーマンに「今は西暦何年だ!?」ってベタなタイムジャンプ映画の主人公みたいな台詞《せりふ》をかましてた。

帰ってきた答えが示した事実は、ここが16年前だということ。

「本当に、時間を跳んだ……のか？」

あまりにも超常的な現象に実感がわかないが、〝チケット〟は目的駅《かこ》に連れてきてくれた。

渋谷の住宅地。

そこにある小さな公園のベンチで考える。

（これで16年後の大災害に備えることができる）

世界を——カナタを助けられる。

時間を跳んだ影響なのか、再編された世界の記憶修正から逃げられたらしい。

カナタの声も、カナタの歌も、カナタの笑顔も——全部思い出せる。

「……いや、待て」

そういやカナタを救う方法を考えるのに夢中で大事なことを忘れてて……あれ？

「この状況、詰んでないか？」

今の俺はこの世界に存在してなかった人間。

この世界の俺は生まれてすらいない。

（つまりは身元不明の家出少年だろ？）

居場所なんてどこにもない。

令和の最強情報ツール・スマホだって、もうすぐ使えなくなる。

16年前じゃ最新型スマホ用の充電器なんて存在しないんじゃないか？

おまけに支払いはほとんど電子マネーで済ませてたから、財布の中にあるのはたった数百円で……。

『カイってお坊ちゃまだから意外と常識ないなー』

「うるせえな⁉」

クリアになったカナタの脳内音声にツッコまれて、叫んでしまった。

どうすんだよ……。

過去《ここ》まできて野垂れ死ぬとかカナタに天国で爆笑されそうなやらかしだぞ……。

「大丈夫？」

ベンチでうなだれていたら、話しかけられた。

顔を上げると、そこいたのは20代後半くらいの女性。

「何かあったの？」

たぶんさっきの「うるせえな!?」を聞いて公園に入ってきたんだろう。

そして切羽詰まった顔した俺を見つけた。

彼女は両手で赤ん坊を抱いていて……あっ。

「ふわああっ」

俺と目が合った途端に泣き出す赤ん坊。

やばっ、ひょっとして怖がらせちまったか？

「ご、ごめんな？」

赤ん坊の相手なんて初めてでテンパったせいか、反射的に「べろべろばー！」と変顔かましてみたが、

「ふぎゃあああああっ！」

状況悪化。

公園が赤ん坊のソロライブ会場に早変わり。

ラウドロックも真っ青の泣き声《スクリーム》。

やばい、母親に怒られる。

もし不良少年だと思われて通報でもされたら終わりだ。

今の俺にはこの世界で使える身分証も戸籍も何にもなくて……！

「あははっ」

けれど、母親は笑っていた。

「あ、ごめんね？　キミがいきなり変顔するからつい……ふふっ」

「えっ、えっと、すみません」

「謝らなくていいの！　大丈夫。すぐに泣き止《や》むから」

よしよしリンネ、と母親があやすと、赤ん坊はすぐに泣くのをやめて微笑《ほほえ》んだ。

よかった。

どうにか通報は回避できたっぽい。

いや、冷静に考えたら赤ん坊泣かせちまったくらいで国家権力呼ぼうとしないか。

「ところで、もしかして行くとこないの？」

「えっ……」

赤ん坊を抱く母親の心配そうな声。

どうやらベンチでうなだれてた俺を家出少年か何かだと思ったらしい。

「キミ、名前は？」

「……」

カイ……だと危険か。
この世界にはもう一人の俺がいずれ生まれる。
だったら素性は隠した方がいいかもしれない。
同じ人間が存在しているという時間的矛盾《タイムパラドックス》を避けるためにも。
(偽名を使おう)
そう考えたところで、再びカナタの声が響いた。
『ずっと嫌いだったけど、カイのおかげでこの街が好きになれた』
たった一人の友だちが好きだったこの街の名。
カナタが護《まも》ろうとしたこの街の名。
そうだ。
この世界での俺の名前は——。

「——トキオ」

エピローグ

ねえ、名前も知らない少年A？

私が出した答えが正解だったのかはわからないよね。

私は自分を犠牲にして世界を再編した。

それは正解だったのか？

正しい解答だったのか？

そもそも私がぶち当たった問題に答えなんか存在したのか？

わからない。私一人じゃわからない。

けど、ひょっとしたら――誰かが一緒にいれば、わかるのかもしれないね。

意外とそれこそが、世界で一番正《やさ》しい答えなのかも。

キミならいつかわかるかもね、少年A？

そんなことを考えながら、私は今日も変わってしまった世界を見守る。

願いを叶《かな》える対価として透明な存在になった私は、世界の外側からすべてを見つめながら、歌う。

あの日、屋上で歌ったみたいに。

お気に入りの曲《メロディ》を、即興の歌詞《きもち》で飾る。
こうして歌っていれば、いつか大切な誰《キミ》かに、この声が届く気がしたから……。

「——うまいじゃん、歌」

なんだか、ひどく懐かしい声が響いた気がした後で。
気づいたら私は、あの駅のホームに立っていた。

「えっ——？」

嘘《うそ》。
こんなの、ありえない。
目の前にいるのは、男の子。
歳は高校生くらいで、制服じゃなくて、私服姿。
どこか見覚えのある黒いヘッドフォンを首に下げている。
名前も思い出せない少年A。
静かに、彼は上着のポケットから一枚のチケットを私に差し出してから、

「待たせたな、少女A」

あとがき

こんにちは、あさのハジメと申します。本作は音楽でストーリーを紡ぐプロジェクト、『響界メトロ』のノベライズになっております。

作者自身も音楽が大好きで、ひと月に2～3本くらいライブを観《み》に行くので、今回音楽がテーマの、しかもとんでもなくアガる作品に関わらせていただき、大変光栄です！

今巻は『響界メトロ』の主人公の一人であるカナタを中心に書かせていただきました。

カナタは不思議な人物でした。

議論をするのが好きなぼっちな少女。そう、カナタは矛盾を抱えています。なぜなら議論というものは一人ではできないのだから。

でも、この矛盾こそが彼女の個性というか、人間らしさなんじゃないか？

人間らしさ＝魅力。だとしたら読者にカナタの魅力が最大限伝わるような本にしたい、と思いながらキーボードを叩《たた》きました。

作中でもう一人の主人公であるカイが「曲を書くのは、嫌いじゃない。物語のようにコードを並べ、謎解きのようにメロディを探る」と言っていましたが、執筆も作曲と似たところがあると思っていて。コードのように文章を並べ、メロディを紡ぐようにストーリーを探る。それはとても楽しい作業。大好きな作品ならなおさらでした！

さて、ここで謝辞を述べさせていただきます。

kyoukaimetro project の皆様。『響界メトロ』という作品に関わらせていただき、本当にありがとうございました！　執筆時、Qlover の楽曲を作業ＢＧＭにしていました。作業に詰まりかけたとき、何度も曲たちに助けられました。

世界観＆ストーリーラインを構築してくださった海冬《かいとう》レイジ先生。大先輩です。ラノベ業界でお会いしてから十数年。今回一緒にお仕事させていただくことができて、テンションぶち上がりました！

ＳＯＬＡＮＩ先生、アルセチカ先生。ラノベは文章だけじゃ完成しない、イラストあってこそのラノベ！　カナタたちの魅力たっぷりのイラストをありがとうございます！

担当編集のＭさん。いつだって最初の読者は担当さんです。担当さんからいくつものアドバイスをいただけたからこそ、本作を形にすることができたと思います。

ＭＦ文庫Ｊ編集部の方々。デザイナー様。校正様。色々と取材に付き合ってくださった岩波零《いわなみりよう》先生。そして、この本に関わってくださったすべての皆様に、この場では到底書ききれない、感謝を。

作者的にはぜひ、今巻のエピローグにたどり着くまでの詳細なエピソードも書きたい……ということで！　その機会があることを心底願いつつ、それではまた！

あさのハジメ

MF文庫J

響界メトロ
-SOUNDary LINE-

2024年 1月 25日　初版発行

著者　あさのハジメ

原作・監修　kyoukaimetro project

発行者　山下直久

発行　株式会社 KADOKAWA
〒102-8177 東京都千代田区富士見 2-13-3
0570-002-301（ナビダイヤル）

印刷　株式会社広済堂ネクスト

製本　株式会社広済堂ネクスト

Printed in Japan　ISBN 978-4-04-683347-1 C0193

【 ファンレター、作品のご感想をお待ちしています 】
〒102-0071 東京都千代田区富士見2-13-12
株式会社KADOKAWA　MF文庫J編集部気付「あさのハジメ先生」係　「SOLANI先生」係　「アルセチカ先生」係